2
婚約者様には運命のヒロインが現れますが、暫定婚約ライフを満喫します！
～あなたの呪い、嫌われ悪女
私が解いちゃダメですか？～
星見うさぎ
ill. Qi234

CHARACTER

ルシル・グステラノラ

婚約破棄され、辺境に送られた侯爵令嬢。前世は世界一愛された白猫だったため、とんでもなく自己肯定感が高い。暫定婚約ライフを満喫する。

前世

リリーベル

ルシルの前世であり、8人の飼い主とともに生きた、愛され白猫。全ての猫ちゃんがそうであるように、生きているだけで可愛いし、どんな時も尊い。

フェリクス・レーウェンフック

ルシルの暫定婚約者。呪われ辺境伯と呼ばれている。嫌われ悪女であるルシルの噂を耳にして警戒していたが、無自覚に彼女に惹かれていく。

エルヴィラ・ララーシュ

ルシルの予知夢に登場したフェリクスの『運命のヒロイン』。聖女として覚醒し、彼の呪いを消すはずだったが、その未来は少しずつ変わっているらしく……？

エリオス

魔塔に住む大賢者と呼ばれる存在。見た目は可愛らしい少年だが、膨大な魔力を持ち、様々な呪いに精通している。ルシル《リリーベル》を溺愛している。

マオウルドット

森に封印された黒いドラゴン。伝説的な生き物であり、最強のはずだが、なぜかルシル《リリーベル》にはとても弱い。

運命の英雄たち

1
大魔女 アリス

2
大聖女 クラリッサ

3
S級冒険者(天才料理人)
マシュー

4
世紀の錬金術師(大商人)
コンラッド

5
大国の王女
ローゼリア

6
異世界人 ヒナコ

7
勇者 エフレン

8
大賢者
エリオス

CONTENTS

4章

ついに運命のヒロイン登場！

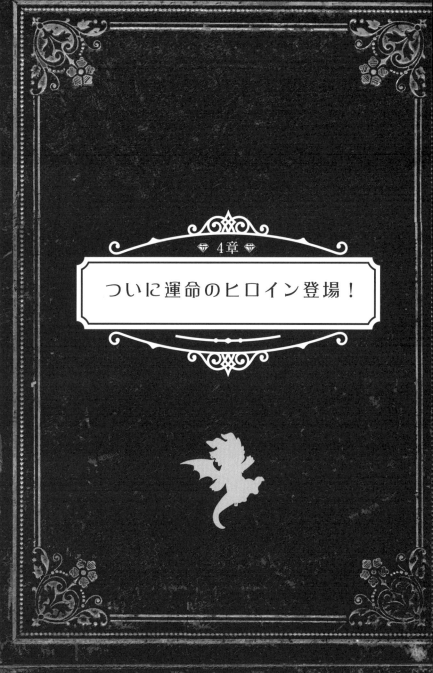

王都からレーウェンフックに戻って早三日。

私はいつもの芝生の日向ぼっこスペースでごろんと寝転んでいた。

「はああ～やっぱりお日様の匂いがする芝生の上で寝転ぶのは最高だわ……」

今日も平和でとっても幸せだ。

王都では、王都中の人たちに薬を配ったり、エドガー殿下の言う通りに夜会に参加したり、すごく忙しかったものね。

そして、何よりも……。


うずくまった男の子、溢れて暴走する膨大な魔力。

そして、不安げに揺れる瞳。

『――リリーベル………??』


縋《すが》るような呟きが脳裏に浮かんだ私は、うーんと唸ってみる。

「言ったわ。絶対に言った。リリーベルって私を呼んだ」

その声は小さくて、私以外には聞こえていないようだった。それにあの後すぐに彼は気を失って、エドガー殿下が彼を部屋から連れ出してしまったのよね。

おまけに、あの子の魔力圧が消えたことでやっと魔法障壁を解除したフェリクス様まで、魔力の使いすぎで気を失ってしまって、あの場は大混乱で。ゆっくり話を聞くどころではなくなったのだ。

そしてそのまま驚く暇もなく、私はフェリクス様と一緒にレーウェンフックに帰ることになってしまったのだけれど……。だって、カイン様曰く、呪いによってレーウェンフックの地と深く結びついたフェリクス様は、こうなってしまえば領地に戻った方が回復しやすいだなんて言うんだもの。

その言葉通り、フェリクス様の体調はレーウェンフックに戻ってすぐに落ち着いたけれど、念のため今も自室で療養しているところだ。

「ああーダメだわ！　一人で考えていると頭の中が爆発しそう！」

思わずそう叫んだ私は、心を決めて、ぐいっと勢いをつけて体を起こした。

上に乗っていた猫ちゃんの何匹かがゴロンゴロンと転がっていく。

「うにゃあ～ん！」

「ああ、ごめんね、今度ゆっくり一緒に日向ぼっこしましょうね」

いつもは転がっていっても気持ちよさそうにウニャウニャ言っているのに、今日は猫ちゃんたちから不満の声が上がる。私がしばらく王都に行っていて留守にしていたせいで、猫ちゃんたちが拗ねちゃっているのよね。

帰ってきたその日は特にジャック、マーズ、ミシェルが怒ってしまって大変だったわ？　うふふ！　怒ったあの子たちったら、「もうどこにも行かせない！」とばかりに、ずうっと甘えて私にべったりで、本当に困っちゃうほど可愛かったのよね。

私は猫ちゃんたちを撫でながら考える。

今度、私の作ったとっておきの『秘密兵器』をあげちゃおうかしら！　リリーベル時代にヒナコが『猫ちゃんはみーんなこれが大好きだから、間違いない！』なんて言いながら、何やら怪しい食べ物を作り出したのよね。見たこともないなんだかとろとろしたもので、どう見たって怪しいのに、なぜだかとんでもなく心惹かれて、ハッと我に返った時にはそれを舐めつくした後だった。あれは幸せで恐ろしい体験だったわ……！

ヒナコは『ピュ～レ』とかなんとか言っていた気がするけれど、正式な名前はなんだったかしら。アレを目の前にすると我を忘れちゃって、何度名前を聞いてもあやふやになっちゃったのよね……。人間の体になって耐性ができたから、こうして必死にヒナコが言っていた作り方を思い出して、よく似た物を作れるようになったというわけなのだけど。まるで魅了魔法のように抗いがたい誘惑を仕掛けてくるのに、体には一切害がないというとっても不思議な食べ物なのだ。

『普通はね、ピュ～レを自分で作れる女子高生なんていないのよ？　くふふ！　この天才ヒナコ様が飼い主で、よかったでちゅね～リリーベルたん!!　はあ今日もいとかわゆし!!』

なんて、そんな感じのことをよく言っていたヒナコ。その度に私は受け流し、『もう！　そんな冷たいリリーベルたんもかわゆし！』と悶えるヒナコにため息をついたものだけれど、本当はちゃんとヒナコのことは天才だと思っていたし尊敬もしていたのよね。

「さあ、それはともかく、行きましょう！」

一人で気合いを入れて、私はレーウェンフックの敷地内からこっそりと抜け出した。

「というわけで、マオウルドット、あなた何か知らない？」

「なんの話だよ……」

マオウルドットは呆れたような顔で言う。

やっぱり、どうしても何かが気になった時に話を聞いてほしくなるのは、私がリリーベルだったことを知る唯一の存在であるマオウルドットなのよね。というかこんなこと相談できるの、マオウルドットしかいないじゃない？

私が王都から帰ってきたことにすぐに気づいたマオウルドットは『ただいまの挨拶は？　なあ、挨拶は？』とずうっと念話を送ってきていたし、それならただいまを言うついでに話をしたいなと思って会いに来たのだ。

「だから、大賢者エリオス様に会いに行った話よ！」

「そこで魔力暴走させてる子供に会って、そいつがルシルのよく知ってるやつにすげー似てたって話だろ？」

「そうそう、ちゃんと聞いてくれてるんじゃない」

「何か知らないかって、ルシルが何を聞きたくて言ってんのか分かんねーし」

確かに、あまりに曖昧な聞き方だったわよねと反省し、私は言葉を続けた。

「だから、ほら、『あの子』。私が……リリーベルがいなくなったあと、あの子がどうなったか何か知らない？」

だってあの男の子は、『あの子』にそっくりだったから。

しかし、次に私の耳に聞こえてきたのはマオウルドットのものではない声だった。

「なあに？　僕の話をしてくれているの？」

私は驚いて、慌てて声の聞こえた後方を振り向く。

そこには、ニコニコと満面の笑みを浮かべたあの男の子がいた。

「だ、大賢者、エリオス様……」

その子を見ながら、私はエドガー殿下が苦しげに言っていた言葉を思い出す。

『すまない、私の見立てが甘かった。まさか大賢者であるエリオス殿が、魔力暴走などを起こすとは……』

そう、今私の目の前にいる男の子こそが、あの時の男の子であり、大賢者エリオス様その人だったのだ。エドガー殿下はエリオス様を見ればきっと驚くと言ったけれど、確かに驚いたわ。それはエドガー殿下が考えていたように、エリオス様がほんの小さな子供だったことにではない。いいえ、もちろん、普通ならそのことにとても驚いたとは思うけれど、私にはそれ以上に驚くことがあったんだもの。

……だって、エリオス様は、私のよく知る人物にとっても似ていた。似すぎていた。

エリオス様は、ますます蕩《とろ》けるような笑顔になって言った。

「大賢者とか、エリオス『様』だとか、そんな他人行儀な呼び方やめてよ、リリーベル」

リリーベルと呼ばれながら、私は考える。やっぱりこの子は、私のよく知るあの子と同一人物なのかしら？　エリオス様は、私の……リリーベルの、最後の飼い主だった、あの孤児の男の子なの？


「まーだダメだって！　顔色が悪い！　最近は魔物の出現も少なくなってきて落ち着いてるんだから、この機会にちゃんと休んどきなよ」

はあ、とため息をつきながらカインが俺を睨みつける。

レーウェンフックに戻り、俺は完全にベッドの上の住人と化していた。

「もうすっかり大丈夫なんだが」

「フェリクスの大丈夫は信用できないからね。ルシルちゃんにも、お前がちゃんと休むように見張ってってってお願いされてるし」

「ルシルが……」

ルシルのことを思い浮かべて、一緒に浮かんできたのは大賢者エリオス殿の姿だ。

王都で、大賢者殿に会いに行く途中、なぜか急にその場を離れたルシル。しかし、彼女があれだけ会いたがっていた大賢者エリオス殿にはこれから会いに行くことを伝えていなかったため、万が一にもすぐにその場を立ち去られては困ると、彼女の依頼通り先に大賢者殿と接触しその場に引き留めることにして、俺は王太子殿下とあの部屋に入った。

俺は、目を瞑《つむ》り、その後にあの室内で起こったことを思い出す。

呪い返しにあったという男爵令嬢と向き合って立っている小さな少年。これが大賢者と呼ばれるほどの者なのか？　まだほんの小さな子供ではないか。そう思い驚いていると、その少年が、目に見えて分かるほどに肩をびくりと震わせ、ゆっくりとこちらを振り向いた。

本来ならばすぐにこちらから挨拶をするべきだろう。いくら見かけが子供とはいえ、相手は大賢者。呪いを解くためにと、内々で王宮に召喚される立場の者だ。そして、俺が――ルシルが、会いたがっていた相手なのだから。

しかし、挨拶など、する暇もなかった。

それは突然だった。少年は俺をその視界に映すと、小さく唇を震わせた。

『お前、なんで……』

そして次の瞬間、その瞳に悲しみと憎悪、怒りをないまぜにしたような炎を燃やしたかと思うと、突然彼の魔力暴走が始まったのだ。

『大賢者殿……なぜ彼ほどの者が魔力暴走など……！　フェリクス殿、すまない、なんとか耐えてくれ！』

『きゃあ！　こ、今度はなにっ、なんなのお！』

俺は咄嗟に魔法障壁を展開し、王太子殿下は男爵令嬢をこちらに引き込んでなんとかその場を乗り切ろうと必死だった。部屋自体が幽閉用のものであったため、防御魔法が施されていたことが幸いして、外に被害はなかったらしいが。

しかし、さすがに大賢者と呼ばれる相手なだけあって、小さな体から暴れて溢れ出る魔力は膨大だった。それに、何より俺と彼の魔力の相性があまりよくないらしく、どんどん体内の魔力を奪われていくような感覚で、俺の魔法障壁もそう長くはもたないと焦りが出始めた頃、ルシルが姿を現したのだ。

『大丈夫、大丈夫。すぐに落ち着くわ』

――うずくまり、うめき声を上げる大賢者殿を抱きしめるルシル。まるで物語の中の聖女のようなその姿はどこか神々しく、息をするのを忘れてしまいそうなほど美しかった。

けれど、どうしてだろうか。あの魔力暴走の中で、無防備な状態の彼女が怪我をしてしまうのではないかと焦る気持ちとは別に、なぜか胸が締め付けられるような思いがした。

あれほど荒れ狂っていた大賢者殿の魔力は、ルシルがなだめ始めると、みるみるうちに落ち着いていった。

ほどなくして、情けないことに俺は意識を失ったらしい。気がついた時には、レーウェンフックの屋敷の自室で目を覚ましたのだ。

それからずっと、こうして体を休めながら、考えている。

大賢者殿は、確かに俺を見て様子がおかしくなったように思う。

あの、俺を鋭く睨みつける目。そして、

『お前、なんで……』

あの時、なぜそんな風に呟いたのか。

呆然と、信じられないものでも見たような口ぶりだった。彼はあの時俺を見て、何を思ったというのか。

そして、俺より少し前に大賢者殿が意識を失う寸前、彼はルシルを見上げて何かを言った。

あれは、なんと言っていたのか。その何かを言われたルシルは、なぜあれほど驚いたような顔をしていたのか。

（俺の知らない何かが起きている……）


「大賢者とか、エリオス『様』だとか、そんな他人行儀な呼び方やめてよ、リリーベル」

蕩けるような笑顔でそう言うエリオス様に、どう答えようかしらと考えていると、私より先にマオウルドットが声を上げた。

「あー！　お前、リリーベルがオレに最後に会わせてきた、元飼い主じゃないか！　ちょうど、つい最近お前に最後に会った時のことを思い出してたんだよ。お前、今までどこで何してたんだ？」

私は思わず目を剝く。

す、すごい！　マオウルドットったら、思わぬ角度から、私の聞きたいことをサラッと聞いてくれたわ！

でも、そんなに思い切りストレートに聞いて、大丈夫なのかしら？　そう思いながらエリオス様の方を窺ってみると、その顔は相変わらず満面の笑みを浮かべたままで。

「久しぶりだね、マオウルドット。僕のこと、『元飼い主』なんて言い方するのやめてくれるかな？　なんだかもう縁が切れているみたいに聞こえるじゃない？　僕とリリーベルは今でもこんなに深く繋がっているのに」

「あれ。お前、そんなに喋るやつだっけ？」

「僕も随分長い時間を生きているからね。時間が経てば、人は変わるものだよ？」

「ふうん、見た目は全然変わってないけどな」

こ、こちらもサラッと認めたわ……。え、聞いていいものか一瞬でも悩んだ私がおかしいの？　だって、エリオス様がリリーベルの最後の飼い主であるあの子なら、普通に人間だったはずでしょう？　それなのに、ずっと長い時間が経ったはずの今も生きていて、おまけに姿まで私の知るあの子のままだなんて、どう考えても訳ありじゃないの！　そんな訳ありな感じなのに、気軽に聞いてしまってもいいいか、普通は悩むところよね!?

しかし、私は目の前の光景を落ち着いてじっと見てみる。

ここにいるのは、森に封印されてあまり動けない上にちょっと小さくなった真っ黒なドラゴンと、長い時間を生きていて、子供の姿でありながら大賢者様と呼ばれる男の子だ。

……うん。まず、この一人と一匹が普通じゃないんだから、普通を求めるようなことを考えてしまった私が間違っていたわね。

そして、やっぱりエリオス様はリリーベルの最後の飼い主だったあの子で間違いなかったようだ。

なんだか不思議な気持ちだわ。まさか、またこうしてかつての飼い主と生きて会えることになるなんて、思ってもいなかったんだもの。まあ、そのまま生きていたのはエリオス様の方だけで、私はばっちり一度死んで、生まれ変わっているわけだから、少し表現がおかしいかもしれないけれど。

私が一人で納得している間にも、エリオス様とマオウルドットは二人で仲良く話している。

「ふふっ。まあ、時間が経てば変わることもあるけど、時間が経っても変わらないものもあるってことだよね。ちなみに、見た目以上に、僕のリリーベルへの気持ちは何一つ変わっていないよ」

「うげ、なんか嫌な予感すんだけど……」

ニコニコと笑うエリオス様は私の知るあの子のままだわ。そう思い、ほっこりしていたものの、私はハッと重大なことを思い出した。

「そういえば、エリオス様、私があなたの名前をつけてあげると約束していたのに、その約束を守れなくてごめんなさい」

私がそう言って頭を下げると、エリオス様はこちらをじっと見つめてくる。

「……僕の名前、どう思う？」

「えっ？　ええっと、とっても素敵だと思うわ？」

「ふうん、かっこいい？」

「ええ、もちろんとってもかっこいいわよ！」

「そっか。ならよかった。ふふっ」

なんだろう？　とにかく『かっこいい』と言ってほしいお年頃なのだろうか。

……そういえば、見た目があの頃のままだから小さな子供のように思ってしまうけれど、実質エリオス様は何歳になるのかしら？

そんなことを考えていると、エリオス様は続ける。

「あのね、本当はリリーベルがつけてくれるまで待ちたかったんだけど、名無しのままじゃどうしても不便だったから、自分でつけたんだ」

「あら、そうだったのね」

「うん。……リリーベルが好きかと思って、この名前にしてみたんだけど、気に入ってくれたならよかった」

「えっ？」

私が好きかと思って？　どういう意味だろうか？　確かにエリオスという名前はとても素敵だと思うけれど、私はそういう名前が好きだとどこかで発言したのかしら？　どうしよう、全く記憶がないわね。

ニコニコと嬉しそうな顔のままで、エリオス様はさらに続ける。

「だって、リリーベルはエリオットとかいう黒猫がかっこいいんだって、いつも聞かせてくれたでしょう？　だから、僕の名前はエリオットの真似をして、『エリオス』にしてみたんだ」

（あ、あ、ああ〜〜〜!?　そ、そういうことっ!?）

確かに、リリーベル時代の私は、黒猫のエリオットが一番のイケメンだと思っていたわ！　そして、その話をあの子にもしていた！　うんうん、それなら記憶にあるわね！

だけど、そんな理由でエリオットの名前をもじって、自分の名前にしてしまったの!?

「本当は、そのままエリオットって名前にしようかとも迷ったんだけど、そうしたら、僕を呼ぶ時にリリーベルはあのエリオットを思い出しちゃうかもしれないでしょう？　僕と他の誰かを重ねるなんて許せないから、ちょっと変えてみたんだけど、正解だったなあ」

相変わらず蕩ける笑顔のエリオス様はずっと何かを言っているけれど、衝撃が強すぎてなかなか耳に入ってこない。私が……私がはしゃいで話した内容が……人一人の名前を決めちゃったの……？

名前は、特別な力を持つ。アリス様のそんな教えが頭をよぎる。

それでいいのかしら？　と心配になるものの、エリオス様はすでにエリオス様で、彼自身その名を気に入っているのなら、いい、のかしら。

「僕、これからはずうっとリリーベルの側《そば》にいるつもりだから、マオウルドットも、これからまたよろしくね」

「っあ〜〜〜！　もう！　やっぱり！　こいつもめんどくさいやつじゃん！　こういう余計なやつはフェリクスだけでもうっとうしいのに、本当に勘弁してくれ……」

「フェリクス……？」

嘆くようなマオウルドットの言葉にぴくりと反応して、エリオス様は怪訝な顔をして呟く。

あら？　なんだか急に周囲の気温がグッと下がって寒くなった気がするんだけど、気のせいかしら……？

「リリーベル？　ねえ、フェリクスって誰」

突然襲ってきた謎の肌寒さに、思わず腕をさすっていると、エリオス様が私の服の裾をちょんっと引きながらそう聞いてくる。とっても可愛い仕草だけれど、その顔はむっすりと口元を引き結んでいて、なんだか嫌そうにしている。

あら？　さっきまでニコニコと嬉しそうにしていたのに、どうして急に不機嫌顔になっちゃったのかしら？

そう思ったけれど、そういえばエリオス様は名前のなかったあの頃から、とっても人見知りで、私以外に心を開かなかったんだったわと当時のことを思い出した。あの時も、私が知らない誰かと仲良くしていたりすると、ちょっと不機嫌になっていたから、なんだかお友達を取られて面白くない気分と同じなのかもしれないわね。

そう思い至った私は「大丈夫よ」の意味を込めて、エリオス様の頭を撫でてあげた。

うふふ！　リリーベルだった頃は私が撫でられることの方が圧倒的に多かったけれど、今の私たちは人間同士だものね！　それにエリオス様は小さな子供の体のままだから、私より随分小さくて、大変撫でやすいのだ。

エリオス様は目を細め、私の手に頭を擦り付けるようにして甘えている。私の白い毛並みに頬擦りする時も、同じような顔をしていたのを覚えているわ。

エリオス様はふわふわの猫っ毛だ。甘える姿もそうだけど、まるで猫ちゃんみたいだわ！　いとかわゆし。

（本当に、エリオス様はあの子なのね。こうしてみると、見た目だけじゃなくて、仕草や表情なんかも全然変わっていない）

エリオス様は私の飼い主だったわけだけれど、当時彼はまだほんの小さな子供で、どちらかと言うと私が彼のお世話をしてあげているようなものだった。だから、他の飼い主たちとの関係とは少し違っていて、私の方が母のような姉のような気分だったのよね。

そしてそれは、今も変わっていないと気づいた。ううん、こうして人間の体で甘えられていると、余計にそういう気持ちが強くなっていく。

「ねえ、リリーベル？」

「何かしら？」

「僕、今魔塔っていうところに住んでいるんだけど」

そういえば、そんなことを聞いていたわね。魔塔と呼ばれるとっても高い塔を建てて、そこに一人で住んでいるんだって。

「そこにひとりぼっちですごく寂しいから、今日からリリーベルのおうちに一緒に住んでもいい？」

「まあ！　もちろんよ！　……と、今すぐそう言いたいけれど、私も実は居候のようなものなのよ。だから、きちんと家主に許可をもらわないといけないわ」

「ダメかもしれないの？」

「いいえ！　きっと大丈夫だと思うわよ？　だって、私は家主と同じ敷地に建てられた離れに一人で住んでいるし、家主も使用人たちも、みーんなとっても優しいから！　ただ礼儀として先にお話は通さなくてはね」

「分かった。リリーベルを信じるね」

エリオス様は嬉しそうに笑って、私の手をキュッと握る。

そんな彼と目を合わせながら、私は力強く頷いた。安心してねの意味を込めて。

「ええ、信じていて！　あと、一つだけ、それとは別にずっと気になっていることがあるんだけれど」

「なあに？　なんでも言って？」

「エリオス様、私をリリーベルと呼ぶじゃない？　確かに私は元白猫のリリーベルだけれど、今はルシルなのよね」

ずっと気になっていたのよ！　エリオス様、再会した瞬間からずっと、私のことをリリーベルと呼ぶんだもの。今伝えた通り、今の私はルシルであって、もう白猫リリーベルではないのだし、それに何よりフェリクス様たちにはリリーベルだった過去を話していないままだ。

フェリクス様の体調はもうほとんど良いということだったし、これからエリオス様を離れに住まわせてもいいか、聞きに行こうと思うのだけれど、みんなの前で私をリリーベルと呼んでは、何も知らない周りは困惑してしまうかもしれない。

（というか、そろそろ打ち明けても信用してもらえそうな気もするのよねえ）

ここまできたらなかなか打ち明けるタイミングが分からないだけで、別に隠しておきたいというわけではないのだ。

だけど、エリオス様は私の言葉にキョトンと首を傾げた。

「何を言っているの？　リリーベルは、ずっと僕のリリーベルのままだよ？」

「ええっと」

うーん、確かにエリオス様にとって、私は大事にしていた白猫リリーベルなんだものねえ。これだけリリーベルと呼んでいる中で、急に「これからはルシルって呼んでね！」なーんて言っても、すぐに呼び方を変えるのは難しいのかもしれない。

「まあいいか。そのうち、ね！」

途中で細かいことを考えるのが面倒くさくなって、あれこれと頭をひねるのをやめた。何事もなんとかなるようにできているのだし。

「それじゃあ、一緒に暮らせるように、フェリクス様にお願いしに行きましょう！」

「待って、またフェリクス？　ねえ、フェリクスって誰なの？」

「あら、あなたは会っていたじゃあないの？　……いや、魔力暴走してしまって覚えていないのかしら？　あの日、あの部屋に一緒にいた体の大きな人よ！」

「やっぱり、あいつがフェリクスなんだ……。僕、あいつ嫌いだ」

「ええっ!?　どうして？　フェリクス様、見かけによらず優しくていい人よ？」

「……ふうん」

まだまだ不満そうなエリオス様だけれど、こういうのは聞くよりも実際に会って話してみた方が早いわよね！

エリオス様の小さな手を引いて歩き出すと、マオウルドットが焦った声を上げた。

「えっ。ちょっと待って、本当にお前ら一緒に住むの？　待って！　ずるい！　ずるいだろ！」

「ごめんね、マオウルドット。またなるべくすぐに会いに来るわね！」

「待っ、ちょ、ル、ルシル――――！」

私はさっそくエリオス様を連れて、レーウェンフックのお屋敷に戻ることにしたのだった。


ねえ、リリーベル？　リリーベルが僕の目の前で、僕の身代わりとなって魔法陣に飛び込んでしまったあと、僕がどんな時間を過ごしてきたか、想像できるだろうか。

リリーベルは、僕の唯一の味方であり、母であり、姉であり、誰よりも大事な存在だった。ずうっと、僕は将来大きくなったらリリーベルと結婚するんだと思っていた。

そう言う度に、リリーベルは生温かい目で僕を見ていたから、きっと子供の戯言だと思っていたんだろうね。僕は人間で、リリーベルは猫だったわけだから、僕が本気だって信じてもらえないのも、仕方のないことだったのかもしれないけれど。

だけど僕は本気でそう思っていた。猫と人間じゃあ結婚できないことはさすがに知っていたけれど、種族なんて関係なくリリーベルが大事だったから、大きくなるまでになんとかしようと思っていた。

僕の世界は狭くて、小さくて、そこにはリリーベルしかいなかったけれど、それでもできると思っていたんだ。

リリーベルが側にいてくれたから、僕の未来は明るかった。

明るい未来があるのだと信じていた。

その時には、自分が生贄《いけにえ》として飼われていることなんて、知りもしなかったからさ。

実際には、僕の時間は止まり、大きくなることはなかったし、リリーベルはいなくなってしまったけれど。

リリーベルは、いつだって優しくて、正しくて、厳しかった。僕のことをこれでもかとばかりに愛してくれていたけれど、間違ったことをすればいつだって叱ってくれた。

だから、きっと、リリーベルがいなくなったあとの僕のことを知れば、リリーベルは僕を怒るに違いない。

(だけど、どうしてもリリーベルにまた会いたかったんだ)

リリーベルが生贄である僕の代わりに魔法陣に飛び込んだあと、悪魔は無事に現れた。僕より前に一緒にいた人たちのたくさんの力をその身に宿すリリーベルは、悪魔にとって、立派で極上な生贄だった。

生贄の力が強すぎて、本来よりもずっと強い力を得て召喚された悪魔は、どうなったと思う?

……悪魔を召喚しようとした人物との契約を、自分に優位なものに修正し、本来受けるはずの制約を、ほとんど受けずに顕現したんだ。

リリーベル、知っていた？　生贄ってね、ある程度ダメで価値のないやつじゃないといけないんだって。契約主よりも優れた力を持つ生贄では、今回のように契約主が制御できなくなってしまうから。……だから、本来の生贄は僕だった。それを同時に理解した。

とにかく、そうして現れた悪魔に、僕は聞かれた。

『こんなに素敵な生贄をくれたお前の願い、特別に叶えてやろうか？』

きっと、生贄になったリリーベルが、僕にとって命よりも大事な唯一の存在であると、そいつには分かったから、そう言ったんだと思う。悪趣味だよね。だって悪魔だもんね。そして、そいつは付け加えた。

『もちろん、代償はもらうよ』

僕は迷わなかった。どうせ、悪魔からこの話を持ち掛けられなければ、僕は死んでいただろうから。だって、リリーベルのいない世界では僕はひとりぼっちで息もできないし、生きている意味なんてないんだから。

だから、何が代償かなんて興味もなかった。僕の願いはただ一つ。

「リリーベルに、もう一度会いたい」

リリーベルを生贄にした悪魔に、リリーベルとの再会を願って涙を流す僕は、なんて滑稽だっただろうか。

けれど、この悪魔を怒っても、憎んでも、リリーベルは戻ってこないのだ。それなら、選択肢は一つしかないよね？　少なくとも、僕には他の方法が思い浮かばなかった。人間として普通に生きる方法さえ知らない僕だもの、当然だよね。

だけど、後悔も少しした。代償は僕だけにもたらされたものではなかった。僕を生贄として飼っていた悪魔の契約主には、死よりも長く続く呪いがもたらされた。そのこと自体には興味もなかったけれど、もしもリリーベルと再会できた時に、リリーベルがそのことを知れば、優しい君は自分のせいだと思ってしまうんじゃないかと思って。

だから、リリーベルにもう一度会える日を心待ちにしながらも、僕は呪いを解く方法を探し、研究する日々を送った。リリーベル以外の誰かなんて信用できないし、必要もないから、一人で高い塔を建てて、そこにこもって、時々研究結果を試すために、呪いに囚われた誰かに会いに行く。

その繰り返しで長い時間を過ごすうちに、僕はいつの間にか『大賢者』なんて呼ばれるようにもなっていた。面白いよね。価値のない人間として生贄にされた僕が、大賢者だって。

この呼び方は結構気に入った。だって、リリーベルなら『すごいわ！　さすが私の飼い主ね！とっても誇らしい』とちょっと大げさに褒めてくれるに違いないから。

リリーベルは、僕が何かを成すことをいつも喜んでくれていた。それは、例えば嫌いな食べ物をきちんと残さず食べた時も同じだった。

呪いを解く力を辿られ、僕という特異な存在に気づかれて、王家に管理されるようにもなった。煩わしくもあったけれど、呪いにかけられた人を自分で探す必要がなくなって、便利でもあった。

けれど、契約主の呪いを解く方法を探せば探すほど、僕は理解した。この呪いが、どういうものであるかを。僕が払った代償が、どういったものであるかを。

悪魔は、本当に悪趣味だ。


「フェリクス様、エリオス様を、離れにお迎えしてもいいですか？」

リリーベルは、フェリクスとやらの体調をしばらく心配して言葉を交わした後、背中に隠れた僕を気遣いながら、そう切り出した。

まさか、リリーベルが人間になっているなんて！　こんなに長い時間待つ羽目になったことも含めて、本当に驚きだよ。

フェリクスは少し驚いたようで、まじまじと僕を見ている。この人、本当に大きいよね。いいなあ。僕も本当なら、こんな風に大きくなれたんだろうか。

羨ましくて、苦々しくて、気に食わない。

最初にこの人に会った時、一瞬で気づいた。この人の体には、リリーベルの魔力が溢れている。どうして？　なんでお前が、リリーベルの魔力を持っているの？　それなのに、どうしてリリーベルはいないの？　僕のリリーベルはどこ？

そう思ったら、カッと目の前が真っ赤に染まった気がして、不覚にも魔力が暴走してしまった。

その後のことは、まるで夢のようだったなあ。気がつけば、僕はリリーベルの腕の中にいたんだもの。

ああ、どれほどこの瞬間を、待ちわびただろうか。

何年も、何十年も、何百年も待ち続けたリリーベルが、目の前にいる！

（感激で気を失って、目を覚ました時にリリーベルがいなかった時の絶望、君には分からないだろうね）

心の中で、フェリクスに悪態をつく。どうせこいつは、リリーベルの側で、目を覚ましたんだろ。

そして、今も、こんなにリリーベルに心配されている。

リリーベルを、裏切るかもしれないいいいいい未来を持つ人間なのに。

その時、リリーベルは悲しむだろうか。いいや、案外あっさりしているかもしれないね。だって、リリーベルだもの。

未来は変わる。多分、もう変わっている。だけど、だからこそ未来なんてどうなるか分からない。

そんな『未来』が来る頃、僕はどうなっているだろうか。

フェリクスは、僕が離れでリリーベルとともに暮らすことに、迷いを見せた。

「いや、しかし。いくら相手が大賢者殿で、子供の姿とはいえ、二人きりとは、その……」

本当は、すぐにダメだと断りたいんだよね。分かるよ、とっても。だけど、断られたくないなあ。

僕はどうやってもリリーベルの側にいたいんだ。そして、リリーベルはこの場所を気に入っているみたいだから、できればここで一緒にいたい。……たとえ、ここがどんな場所でも、リリーベルがいる場所が僕の唯一の居場所で、天国だから。

どうしようか考えて、考えて、ひらめいた。話が受け入れられない方向に進んでしまう前に、すぐにその考えを口に出す。

「ねえ、それなら、もう一人一緒に住むのはどうかな？　そうしたら、二人きりではないでしょう？　それなら、僕も一緒に住んでもいい？」


レーウェンフックに戻り、フェリクス様にエリオス様を離れに迎え入れてもいいか聞いたのだけれど、思いのほかフェリクス様は迷っているようだった。

てっきり、別に構わないと言われると思っていたのだけど……やっぱり、自分は本邸にいるとはいえ、自分の屋敷に関係のない人が暮らすのは抵抗があるわよね。優しさに甘えて、そんな当然のことにも気がつかなかったわと反省する。

そうよね、私にとっては久しぶりに再会した大事な元飼い主だけれど、フェリクス様はついこの間初めて会っただけの人なんだし。

（だけど、エリオス様をひとりぼっちにはできないわよね。魔塔で一人で寂しかっただなんて、そんなことを聞いたら放っておけないもの！　離れで一緒に暮らせないとなると、私が魔塔に行くのもアリよねえ）

どうせ、エルヴィラとフェリクス様が結ばれた時にはここの離れからも出て行くことになると思っていたわけだし。この場所はとても居心地がよくて気に入っているから、少し残念ではあるけれど、ただ出て行く時期が早くなるだけとも言える。

そんなことを考えていると、ずっと黙って私の背中に隠れていたエリオス様が、おずおずと顔を出し、フェリクス様に向かって小さな声で言った。

「ねえ、それなら、もう一人一緒に住むのはどうかな？　そうしたら、二人きりではないでしょう？　それなら、僕も一緒に住んでもいい？」

えっ！　もう一人って、エリオス様は誰のことを考えてそう言っているのかしら？

首を傾げているのはフェリクス様も同じだった。

「ねえ、それならいい？」

エリオス様はもう一度、フェリクス様に尋ねる。

「あ、ああ。それなら、まあ……」

弱々しく、涙目で、懇願するようなその様子に、フェリクス様は思わずと言った風に頷いた。

「やった！　それなら、さっそく同居人候補に会いに行こ？」


「え？　一緒に住みたいかって？　住みたい、住みたい住みたい！　オレもルシルと一緒に住む!!」

マオウルドットは興奮気味に叫んだ。そう、エリオス様が一緒に暮らす同居人……同居ドラゴン？　として提案していたのは、マオウルドットだったのだ。

（まあ！　それにしても、あんなに何度も激しく首を縦に振って、首が取れちゃうんじゃないかしら？）

マオウルドットも封印されて長いし、この森から自由になれるかもしれないことがとっても嬉しいみたいだわ。

「エリオス様、だけど、マオウルドットは封印されていてこの森からは出られないんですよ」

勇者エフレンが封印し、緩んだところをフェリクス様にさらに封印し直してもらったばかりだもの。私だって、これほど喜んでいる姿を見るとマオウルドットのことは連れて行ってあげたいけれど、森から出られないのだからどうしようもない。

私はそう思ったのだけれど、エリオス様は満面の笑みで言った。

「ふふっ、僕だって、伊達に大賢者だなんて呼ばれていないからね、大丈夫だよ」

エリオス様の言葉は、もちろんマオウルドットも聞いていて、期待に赤い瞳をキラキラと輝かせている。

「ただし、マオウルドット。この封印の形を変えてあげる代わりに、ちょっとだけ、僕のお願いも聞いてほしいんだけど」

「聞く聞く！　なんでも言ってくれよ！」

「あれ、どんなお願いか聞く前にそんなこと言ってもいいの？」

「だって、そうしたらオレを連れて行ってくれるんだろ!?　それに、さ！　リリーベルが選んだ飼い主だったやつだもんな！　そんな変なことは言わないだろ！」

「そっか、リリーベルを信用してるんだね」

「まあ、オレとリリーベルの付き合いは誰よりも長いからな！」

「……ふうん」

エリオス様は少し二人だけでマオウルドットと話したいと言い、私とフェリクス様は言われるがままその場から離れる。

「なんだか、ごめんなさい、フェリクス様。やっぱり嫌だと思ったら、すぐに言ってくださいね！」

何かを考え込むようなフェリクス様にそう告げる。

「もしそうしたら、あなたはどうするんだ？」

「エリオス様は、ほんの小さな子供ですから。一人で寂しいと言うあの子を放っておけないので、その時は、私が魔塔に向かうことも考えますね！」

あれ？　でもその場合、マオウルドットも一緒に行けるのかしら？　エリオス様が離れに住むための交換条件としてこの話は持ち上がったわけだものね。だけど、あれほど喜んでいるのだから、連れて行ってあげたいわよね。

「……あなたが離れを出る必要はない。いや、本邸に来るなら、大歓迎だが」

「そうですよね」

私はうんうんと頷く。だって、私とフェリクス様って一応婚約者同士だものね。だから離れに住まわせてもらえているのだし。運命のヒロインであるエルヴィラが現れるまでの、暫定婚約者だけれど。

「……伝わらないな……」

「えっ？」

「いや、なんでもない。ところで、ルシルは大賢者殿を小さな子供扱いするが、見た目は子供でも、長い時間を生きているのだろう？　心は大人なのではないか？」

まあ、そう思うのも理解できる。けれど、私はそうじゃないと思うのよね。

「フェリクス様、私は、心は環境や周囲の人が育てると思ってます。エリオス様は、長い時間のほとんどを一人で過ごして、普通、大人になる過程で経験するようなことは何一つ経験していないでしょう？　世界の時間がどれほど流れても、見た目同様、エリオス様の時間は止まったまま、少しも進んでいないんだと思うんですよねえ」

初めて出会った時も、幼児の見た目でありながら、エリオス様の心は、まるで赤ちゃんのようだった。

あの時も、ほとんど人の手で育てられず、暗くて小さな部屋に閉じ込められるばかりだったから、心が育つ機会がなかったのよね。

（うふふ、今度こそ、エリオス様に自由を教えてあげたいわね！）

他の飼い主たちが私にそうしてくれたように、愛して、それを伝えて、楽しいことをたくさん一緒にするの！　興味を共有して何かが起これば今の気持ちを伝え合って、そうして、自分を大事にしてくれる他人を介して、自分自身を知っていくのよ。

（きっとその時にやっと、エリオス様は私をルシルと呼んでくれるのではないかしら？）

小さな子供を育てるようなものだ。野良猫として生きていた頃に、仲間たちの中のわがまま子猫を育てるのだって、私は上手だったのよ！

私がこれからのことを想像してワクワクしていると、フェリクス様は少し不思議そうに首を傾げた。

「あなたは、ずっと昔から大賢者殿を知っているように話をするんだな。ひょっとして、以前から知り合いだったのか？」

……おや！

（これは、今こそリリーベルだったことを伝えておくタイミングかしら？）

そう思ったけれど、私が口を開く前にフェリクス様は首を左右に振った。

「いや、あなたは大賢者殿の存在すら知らなかったのだし、もしも知り合いならば、褒美に大賢者殿と会うことを希望する必要もないわけだ。すまない、忘れてくれ」

……あら、なんだかフェリクス様が自己解決してしまったわね。でも、エリオス様と私が知り合いなのは事実なのよね。確かに大賢者様のことは知らなくて、褒美に会うことを希望したけれど、それは『大賢者エリオス様』が私のよく知るあの子だと思いもしていなかったからだし。

別に隠す必要もないと思っている今、特に誤魔化す気も嘘をつく気もないので、この辺でリリーベルのことを伝えようと思い私が改めて口を開く前に、今度はマオウルドットのはしゃいだ声がそれを遮った。

「ルシルー！　オレの封印、エリオスがちょっといじってくれるって！」

その声に、私とフェリクス様はマオウルドットとエリオス様の方に戻ることにする。

結局、なんだかリリーベルのことを言えないままになってしまった。まあ、隠す必要もないと思う反面、わざわざすぐに伝えるべきとも思っていないので、また機会が来た時にでも言えばいいかと気を取り直す。

「ええっと、封印をいじるって、つまりどういうことなのかしら？」

私がそう尋ねると、ニコニコと笑みを浮かべたエリオス様は教えてくれた。

「今ね、マオウルドットの封印は、この森に縛り付ける形のものでしょう？　それを、森ではなくて、誰かの力に紐づける形に変えてあげようと思って。最初に勇者が施した封印を完全に解くことは、さすがの僕にも難しいからね」

「というか、そんなことができるのね！」

封印の形を変えるなんて、考えたこともなかったわ！　思いついても、きっと私にはそんなことはできないだろうし。

「僕、呪いを解くのは得意なんだ。封印なんて、僕から言わせればほとんど呪いと同じような構造だもん」

「へえ、そうなの」

聞くところによると、エリオス様は魔塔でずっと呪いの研究をしていたらしい。見た目も心も子供のままだけれど、知識と頭脳は大賢者と呼ばれるにふさわしいすごさだわ。

「じゃあ、実際にやってみるね？　封印と紐付けるのは――」

「ルシルで！」

「……じゃあ、それでいい？」

間髪を容れず私を指名するマオウルドットに、思わず笑ってしまう。だけど、むしろ、私しかいないわよね？

「もちろんよ！　エリオス様、よろしくお願いします！」


封印の変換は、思った以上に早く終わった。

私の右耳には今、赤い石のイヤリングが揺れている。

「すごい。これでもう、マオウルドットの封印とこのイヤリングが繋がっているのね」

石に触れながら言うと、エリオス様は満足そうに頷いた。

「その石に魔力を流したり抑えたりすれば、マオウルドットの封印が強くなったり緩んだりするよ。ちなみに今は、結構強くしてる。最初だしね」

ふとマオウルドットの方を見てみる。そこには、今まで以上に小さく、まるでマーズの体を少し大きくしたぐらいのサイズになった、コロンと丸いフォルムの黒いドラゴンがいた。封印の力が強くて、その分魔力を抑えられているから、体がますます小さくなっているというわけね。

うーん、もはやドラゴンちゃんよね。こうしていると、残念ながらマオウルドットの本来持つ威圧感はまったく感じられなくて、あまりのかわゆさに胸がキュンとしてしまう。

私は、思わずしゃがんで目線を近くして、両手を広げてみた。

「さあ、マーちゃん！　一緒に帰りましょうね～!!」

「おいっ、誰がマーちゃんだ！　全く」

ぷりぷりと文句を言いながらも、マオウルドットはぴょんっと私の腕の中に飛び込んできた。何これ、いとかわゆし！

「勘違いするなよ、ルシル！　これは別に、ルシルに甘えてるとかじゃなくて、単純にこのちっこい体にまだ慣れてねーから、効率重視で運ばれてやるだけだからな！」

「はいはい、分かりましたよ～」

「絶対分かってないだろ……」

私たちのそんなやりとりを見ながら、フェリクス様が少し呆然としたように呟いた。

「封印の、変換……そんな奇跡のようなことができるなど……信じられない」

そうよね。私も信じられないですよ。そう思いながら、ハッとあることに気がついた。

エリオス様は、さっき、言っていたわよね？　封印と呪いはとてもよく似ているって。

呪いを解くのが得意で、勇者であるエフレンの封印すら、解くまではできなくても、こうして変換させることができる能力の高さ。つまり……。

私は、マオウルドットを抱いたまま、エリオス様に聞いてみた。

「エリオス様！　ひょっとして、エリオス様なら、フェリクス様にかかっている呪いを解くことはできませんか!?」

けれど、エリオス様は困ったように微笑んだ。

「残念ながら、僕にはその呪いは解けないよ。ごめんね」

それを聞いて、残念に思いながらも、念のため追加で聞いてみる。今度は、エリオス様にしか聞こえないように、小さな声で。

「じゃあ、ほんの少しでも、私に解くことができる可能性はあるかしら」

エリオス様も、声を潜めて答えてくれる。

「きっと、リリーベルには解けないし、できれば、解けないでいてほしいな」

エリオス様にも解けない呪いが私に解ける可能性は低そうだとは思っていたけど、そりゃあ無理か……。だけど、自分が解けない呪いを、できれば私に解いてほしくないなんて。エリオス様もやっぱり男の子だし、プライドもあるわよね！

「でも、リリーベルや僕が頑張る必要もないじゃない？　だって、フェリクスにはもうすぐ運命のヒロインが現れるんでしょう？」

エリオス様が、小さな声でさらに続けた言葉に、私はものすごく驚いてしまった。

「まあ、エリオス様！　どうしてそれを？」

「僕だって今もこの見た目で生きているんだもの。リリーベルがいなくなって、色々あったのはなんとなく分かるでしょう？　どうやら、リリーベルの予知夢を僕も見られるようになったみたい」

なんと！　アリス様と魔力が繋がって、私にも予知夢の力が備わったことと同じ理屈なのだろう。

それってつまり、私がリリーベルだったことを思い出した時に見た予知夢を、エリオス様も見たということよね。

「どうかしたのか？」

小さな声で話していた私とエリオス様を、フェリクス様が心配そうに見つめる。

エリオス様は、にっこり笑って振り向いた。

「僕じゃあ、あなたの呪いは解けないけど、もうすぐその呪いを解く力を持つ人が現れるよ、って話をしていたんだ」

「何……？」

突然の話に、フェリクス様はとても驚いている。そりゃあそうよね。今まで解くことはできないと思っていた呪いが解けるかもしれないなんて、きっと簡単には信じられないに違いない。

それにしても、エリオス様の発言に一瞬私も驚いてしまったけれど、運命は変わってきているだろうから、エルヴィラについてそれとなく教えておくことは、意外と悪い案ではない気がするわね。

そう思い、便乗することにする。

「うんうん、私にも、そんな予感がしていますわ！　というか、とんでもない力を秘めた人を、先日の王宮で見かけました！　まあ、詳しいことは全く？　全然？　ちっとも分からないのが残念でもあり、心苦しいのですけど」

もちろん、これはエルヴィラのことである。事前にエルヴィラのことを印象付けておくことで、実際に彼女が現れた時、フェリクス様がエルヴィラのことを警戒心なく受け入れられるようにする作戦だ！

だけど、確信的なことは言えないので、こうして話を濁してみる。だって、『その子はエルヴィラという可愛い女性で、なんとあなたの運命のヒロインです！』なんて、絶対に言えないでしょう？　恋に落ちるとか、そういうことは、他人の口から事前に聞くものじゃあないもの。そんなのロマンがないじゃない？

「ルシル？　何を言って……」

「なー！　そろそろ帰ろうぜ！　オレ飽きた！　……くふふ、帰る、だって！　オレも一緒に帰るんだもんな！」

「そうね、お腹も空いてきたし、そろそろ帰りましょうか」

「ねえ、フェリクス？　これで、僕も一緒に離れに住んでいいんだよね？」

「あ、ああ……」

まあ！　これで、あの離れも随分賑やかになるわね。帰ったらまず、ジャック、マーズ、ミシェルにマオウルドットとエリオス様を紹介しなくちゃね！

レーウェンフックに戻り、まだどこか呆然とした様子のフェリクス様と別れて離れに入ると、マオウルドットは猫たちを見て、なぜか少し不機嫌になっていた。

「なんだよ、猫まみれじゃん……ルシルには絶対オレ以外に友達はいないんだって、そう思ってたのに……」

「あら！　そんな失礼なことを思っていたの!?　私はこう見えてもモテモテなんですからね！」

リリーベルの時だってみんなに愛されて可愛がられていたのを知っているはずなのに、どうして私に友達がいないなんて思ったのかしら！　失礼しちゃうわよね。

そんなマオウルドットは、抱き上げていた私が床に下ろすと、すぐにミシェル率いる子猫たちに囲まれていた。

「みーみー！」

「うわっ！　な、なんだよ！　オレは誇り高きドラゴンだぞ！　おい、ちょ、やめろって〜〜〜！」

まあ！　マオウルドットったら、あっという間に猫ちゃんたちにもみくちゃにされているわ！

猫ちゃんたちのはしゃぐ声を聞いてみると、どうやら一瞬で友達認定されたらしい。

そんな光景を眺めながら、エリオス様が不思議そうに首を傾げる。

「ねえ、リリーベル？　どうしてあのたくさんの猫たちのうち、三匹だけ特別なの？」

「えっ、特別？　ひょっとして、正式なうちの子であるジャックとマーズとミシェルのことかしら？」

私が名前を口にしたのに反応して、三匹がそれぞれこちらを振り向く。うふふ！　動きも揃っていてとっても可愛い！

三匹だけを特別だと思っているわけではないけれど、他の子はどうやら帰る場所があるみたいだったから、ひょっとして他の場所で名前をもらっているかもしれないと思って、この三匹だけに名前をつけてあげる形になったのよね。

他の猫ちゃんたちもそのことに不満はなさそうだったから、その後は特に気にもしていなかったのだけれど。どうしてエリオス様にそれが分かったのかしら？

すると、エリオス様はとっても気になることを言い出した。

「三匹だけ、もう猫じゃあないよね？」

「ええっ？」

猫じゃない？　どこからどう見ても猫でしょう？

「まさか、リリーベル、気づいていないの？　昔から、自分が規格外すぎて、妙なところで鈍かったよね……。あの三匹だけ、もう猫じゃなくて、半分精霊になっているよ？」

「えっ、ちょっと待って？　そんなまさか」

私はとっても戸惑ってしまったのだけれど、マオウルドットまで驚いたように声を上げる。

「は？　気づいてなかった？　嘘だろ？　森で久しぶりに会った時から、なんでそんな精霊なんて連れてくるんだよ！　って、オレは思ってたけどな」

マオウルドットに再会した時、確かに私はジャックと一緒にいた。

「ええっ!?　でもこの子たちは、どこからどう見ても猫ちゃんじゃあないの！　精霊ってどういう

「リリーベルだよ？」

名前は特別だって、僕に教えてくれたのはリリーベル、その子たちに名前をつけたでしょう？　ことなの!?」

確かに名前はつけたけれど、それで猫から精霊になったというの……？

「で、でも、私だってリリーベルの時にはアリス様に名前をつけてもらったけれど、ただ特別可愛いだけの普通の白猫だったわ」

私が名前をつけて猫ちゃんが精霊になるくらいなら、私よりもずっとずっと特別な存在だったアリス様に名付けられた私が猫のままだったのは、おかしいじゃないの！

「ええっと、僕が初めて出会った時にはもう、リリーベルは、厳密には猫じゃなくて、聖獣だったよね？」

そんなことを言い出したエリオス様が信じられなくて、思わず目を丸くしてしまう。けれど、エリオス様だけでなく、視界の隅に映るマオウルドットさえ、「そうだそうだ！」と言わんばかりに力強く何度も頷いている。

嘘でしょう？　『運命の英雄』のことを書いた文献で、私のことを聖獣だなんて書いてあったから、面白いわねと思っていたけれど。まさか……!?

（私が本当に聖獣だったなんて！）

――とまあ、驚きはしたものの、だからって何かが変わるわけでもないし。リリーベルである私が聖獣だったとして、ただひたすら可愛い白猫ちゃんでしかなかったように、ジャックやマーズやミシェルも、半分精霊だからって、猫ちゃんだった頃から何か変わるわけじゃないと思うので、気にしないことにしよう。

と、そう思ったそばからまたもやエリオス様が追加する。

「ああ。他の猫たちはどうも、魔力が足りないから、もし今リリーベルに名前をもらっても、精霊にはなれないね。だから大人しくしてるのか。あの三匹は特別だから、ずるいって思っても文句までは出ないみたい」

「そ、そうなの？　エリオス様って、いろんなことに詳しいのね？」

「僕、別にいろんなことを知ってるわけじゃないよ？　ただ、呪いのことと猫のことは、わりと知ってるかなあ。ふふっ。……ところでさ」

ちょっと頬を染めて照れながら、エリオス様は続ける。

「リリーベル、前にも言ったけど、僕に『様』なんてつけないでよ？　なんだか距離を置かれてるみたいで、とっても寂しい」

そう言うと、エリオス様は私の腰にきゅっと抱きついてきた。

エリオス様は、昔から甘えん坊なのよねえ。私の知るあの子の頃から全く変わらないとはいえ、一応王家にも重用されているっぽい大賢者様なのだから……と敬意を払っていたのだけど、様付けは前にも少し嫌がっていたし、本人がいいと言うのならいいかしら？　いいわよね？

「分かったわ、エリオス！」

私がそう答えると、ニコニコと嬉しそうに笑う、私の元飼い主で、まるで弟のような可愛い子。

今のエリオスが幸せそうに笑っているから、いつか私がこの子につけようと思っていた名前は、とりあえず忘れてしまうことにしたのだった。

そんな風にこれから新しく住人になる二人（厳密には一人と一匹）を迎えていると、聞きなれた元気な声が聞こえてきた。

「ルシルお姉様〜！　私が遊びに来たわ！」

「お、お待ちくださいっ、アリーチェ様〜！」

毎回、サラは一応、いきなり突撃してくるアリーチェ様を一度は止めようとするみたいなのだけど、簡単に振り切られて大慌てしているのよねえ。うふふ！　なんだか二人でいいコンビよね！

ちなみに、どうやって知るのか、アリーチェ様は来客がある時にはやってこないので、私としてはこうして突撃されることには全く問題ないです。むしろ嬉しい。

そんなことを思いながらアリーチェ様の登場を待っていたのだけど、屋敷に入ってきたアリーチェ様は、ピタリと立ち止まり、目を丸くして固まってしまった。

あらら？　いつもは私に飛びつくように抱き着いてくるまでが一連の流れなのに。不思議に思っていると、アリーチェ様は唇をわなわなと震わせ始めた。

「な、な、な！　ルルル、ルシルお姉様っ？　その、猫たちに埋もれかけている、小さくて丸っこくて黒い生き物、なんだかとっても、ド、ドラゴンに似ている気がするのだけどっ？」

「まあ！　さすがアリーチェ様！　こんなにサイズが違うのに、すぐに気がつくなんてさすがですわね！　その通り、こちらはドラゴンのマオウルドットです！　ただ、封印の形を変えて、今は私が力を抑えているのでこの通り小さい体になりましたし、危険はないですよ！」

「えっ、小さくて丸っこいって、まさかオレのこと？」

話題に出されたマオウルドットは猫たちの間から首を伸ばして、嘘だろ？　とでも言いたげな呆然とした顔をしている。うんうん、どう見てもあなたのことよ！　小さくて丸っこくていとかわゆし！

「そ、そう……ルシルお姉様が力を抑えているの……そう…………さすがお姉様、相変わらず規格外だわ」

「アリーチェ様？　途中からちょっと聞き取れなかったんですけれど、なんて言いました？」

「いいえ、こんなところでまたドラゴン様に出会うことになるとは思いもしなくて、ちょっと驚いただけよ……」

アリーチェ様、大丈夫かしら？　なんだか遠い目をしているわね？

すると、私の後ろに咄嗟に隠れていたエリオスが、ひょっこりと顔を覗かせた。

「ねえ、この人、だれ？」

「エリオス、紹介するわね。私のお友達の、とっても優しくて可愛くて素敵なアリーチェ様よ！」

「へ!?　え、えへへ……優しくて可愛くて素敵ですって！　……ハッ！」

アリーチェ様は一瞬もじもじっとしたかと思うと、すぐに我に返り、エリオスに向き直る。

「こほん！　私はアリーチェよ！　まあ、あなた、とっても可愛いわね！」

「………………どうも」

　エリオスは恥ずかしいのか、言葉少なにそう言うと、ぷいっと俯いてしまった。

「ところで、ルシルお姉様？　この男の子はどこのどなたですか？　名前はエリオスくんというのですよね……あら？　エリオス？　って、どこかで聞いたことがあるような……ああ、思い出した！　大賢者エリオス様と同じ名前なのね！」

　私はアリーチェ様の鋭さに思わず感心してしまう。

「わあ！　さすがさすがアリーチェ様！　ちょっと想像より小さいかもしれませんが、こちらはおっしゃる通り大賢者エリオス様ですわ！」

「ちょっと、様なんて、つけないでってば」

「ああ、ごめんね、エリオス。紹介するためにそう言っただけだから」

　エリオスはぐいぐいと私の腕を引っ張りながら、ちょっと拗ねた顔をして見せる。だけど、私は分かっているのよ？　この顔の時は本当に拗ねているのではなくて、私に甘えたいだけなのよね！

　どうやら、突然知らない人が現れて、驚いてしまっているみたいだわ。

　そう思い、よしよしと頭を撫でてあげると、嬉しそうにぴったりと私の腰にくっついてくる。

「ま、待って、待って……ええ？　この、この子があの、大賢者エリオス様……？」

　うーん、確かに、驚くわよねえ。だってエリオスの見た目は、どこからどう見てもただの小さな子供なんだもの。ついでに言うと心も子供で、これで大賢者様だなんて、私だって冷静に考えると信じられないくらいよ？

「この、甘えん坊の可愛い男の子が、大賢者エリオス様……私の憧れの、『運命の英雄』かもしれないって、言われている、偉大な、人…………」

「えっ、ええ!?　アリーチェ様!?」

アリーチェ様はブツブツ呟いたかと思うと、フラリと体を揺らし、そのまま卒倒してしまった！

すぐ後ろに控えていたサラが、驚きながらもその体を慌てて受け止めて支えている。

あああ、アリーチェ様、運命の英雄様の大ファンだものね……！　聖獣が側にいないのに運命の英雄なわけがない、なんて言っていたけど、私が王都で大賢者様に会えないか考えていると言ったら、明らかにそわそわとして、羨ましがっていたことを思い出す。

だからぜひ早く紹介してあげたいわと思っていたのだけど、そう、そんなに衝撃だったのね……。


そうこうしていると、外から何やら大きな声が聞こえてきた。聞きなれない声だ。

「あのー！　誰かー！　誰かいませんかー！」

私はサラと目を見合わせ、そっと外の様子を窺ってみる。すると、敷地の外に一人の若い女性が立っていて、困ったように門の側をうろうろしていた。

その姿を見て、私はとっても驚いてしまった。

あれは、エルヴィラだわ………！

私にくっついたまま、一緒に外を覗いていたエリオスが呟く。

「少し、早いね？」

そう、予知夢より、少し早い。

「サラ、フェリクス様やカイン様は？」

「それが、先ほど急遽《きゅうきょ》討伐に出られまして……」

あら、最近は討伐の頻度も少なくなっていたのに、タイミングが悪かったわね。つまり今、本邸には使用人以外誰もいないということだ。

仕方ないので、私はサラに指示を出す。

「アリーチェ様をお部屋にお連れして、その後お客様をお迎えするから、手伝ってくれる？」

「は、はい！」

サラは少し困惑顔で、その目も「得体の知れない人物をお客様として中に迎えるんですか？」と言っていたけれど、本当は得体の知れない人ではないのよね。なんたって、相手はエルヴィラなんだもの！

エリオスは言っていた。フェリクス様の呪いは、大賢者と呼ばれ、呪いを解くのが得意だと公言するエリオスにも解けないものなのだと。そして、私にも解けないはずだと教えてくれた。つまりこうなってしまっては、フェリクス様の呪いを解くことができるのは、もはや予知夢通りエルヴィラしかいないということになる。

というか、そう考えるとエルヴィラって、私が思っている以上にすごい力を持つ聖女様なんじゃあないのかしら？

ただ、予知夢では、私が気がついた時にはエルヴィラはフェリクス様の側にいて、私が彼女に接触するのは燃え上がる嫉妬と憎悪が抑えられなくなってからだったのよねえ。

王城ではついエルヴィラの後を追いかけてしまったとはいえ、まさかフェリクス様より先にエルヴィラと出会うことになるとは思いもしなかったわ。

しかし、準備をしている間にも、エルヴィラはなおも大きな声で人を呼んでいる。

「誰かー！　すみません、どうか、どうか助けてくださいっ……！」

その悲痛な声に、これはただ事ではなさそうよね？　と思い、私は慌てて外に飛び出した。

エルヴィラは、駆け付けた私の顔を見ると、泣きそうに顔を歪めて、震える声で言いつのる。

「あの、馬が、私の馬が、怪我をして……！」

「その馬はどこにいるんでしょうか？」

エルヴィラが示した方を見ると、少し離れたところに怪我をした馬が弱々しく座り込んでいた。

なるほど、足に怪我をしているようね？

私はさりげなく、着ていたワンピースの胸元に手を突っ込むと、そこに闇魔法で作った空間を展開させて、中に入れておいた万能薬を取り出した。

「えっ!?　そ、そのサイズの瓶、胸元に、どうやって入っていたの……!?」

後ろからエルヴィラの驚いた声が聞こえるけれど、私は聞こえていないふりをする。細かいことは気にしない気にしない！　どうせ、エルヴィラは今、気が動転しているようだから、しまっている場所と薬の瓶のサイズ感がおかしいことも、すぐに忘れちゃうわよね！

弱った馬は、突然現れた私に少し怯えた様子を見せた。

「にゃーん、大丈夫よ、ほら、これを飲んだら、すぐによくなるからね」

「え、にゃ、にゃーんって言った？」

エルヴィラが動揺しているけれど、仕方ないじゃない。だって、人語よりも猫語の方が、動物には伝わりやすいんだもの！　さすがに馬語は話せないし。

馬は、声をかけながらゆっくり近づく私と目が合うと、あっという間に落ち着きを取り戻し、大人しく薬を飲んでくれた。

すぐに馬の体が淡い光を放ち、傷はみるみる消えていく。

「す、すごい、これが噂の万能薬……これがあれば、私は……いいえ、それよりも、興奮状態の上、私以外に懐かなかったギガゴンゴルドンが、素直に言うことを聞くなんて……」

この子、ギガゴンゴルドンっていうのね。エルヴィラったら、可愛い見た目のわりに、愛馬になかなか強そうな名前をつけるじゃないの！　うふふ！　そのセンス、嫌いじゃないわ？


馬がすっかり回復したところで、私はエルヴィラを離れの部屋に案内した。

「突然、申し訳ありませんでした。私、ララーシュ伯爵家のエルヴィラと申します」

そうだったわ！　ララーシュ家は伯爵家なんだったわね。予知夢の私はそんなことに全く興味がなかった上に、頭に血がのぼっていたからか、そんな情報は全く出てこなかったのよね。

私は王子妃教育で詰め込まれた、国内貴族の情報を頭の中に思い描く。

たしか、ララーシュ家の当主夫妻はとても人が良く、慈善事業に精を出しているのよね。実はエルヴィラはそんな夫妻の実の娘ではなくて、養女だったはずだわ。ララーシュ家の実の子供はエルヴィラの兄にあたるご令息、つまり次期当主で、今は他国に留学しているんじゃあなかったかしら。そのご令息もとてもまじめで誠実ないい青年だという話を聞いたことがある。

光属性の魔法を持つエルヴィラは、ララーシュ家に引き取られたことで、大切に守られ、慈しまれ、心身ともに健やかに育ったのだと想像できる。

（もしも引き取られた先があくどい家だったりしたら、きっとエルヴィラの力は、いいように利用されてしまっていたはずだものね）

それほど光属性魔法は貴重で、誰もが手にしたがる力だというわけだ。まあ、私としては、今ではあまり人気のないこの闇属性魔法の方が、ずっと便利だと思うのだけどね。

「私はルシル・グステラノラですわ。初めまして、ララーシュ様」

「どうぞ、エルヴィラとお呼びください。今日はレーウェンフック辺境伯様にお願いがあって来たのですが、途中で馬が怪我をしてしまって……それで、ええっと……」

「では、私のこともどうぞルシルと。今、レーウェンフック辺境伯は残念ながら不在のようで、私で代わりになりそうでしたら、お話をお伺いしますわ」

エルヴィラはとても緊張しているみたいだったけれど、意を決したように切り出した。

「あの！　私、実は光属性魔法を使えるんですが、能力がなかなか向上しなくて……不躾なお願いなのは承知していますが、このレーウェンフックの地で、どうか働かせていただけませんか!?」

「まあ」

確かに、エルヴィラはまだ覚醒していないのだから、今は能力が高くなくて当然だわ。

ところで、予知夢の中でもこんな風にして、エルヴィラはこのレーウェンフックの地にやってきたのかしら?

でも、もしこれが予知夢通りの理由だとすれば、彼女がこのレーウェンフックを訪れる時期が少し早いのが気になるわよねえ。

そんなことを考えていると、まさにその答えをエルヴィラが教えてくれた。

「先日、王都で流行しかけた病が、このレーウェンフックの地で作られた万能薬によってすぐに抑えられたことは知っています。その際に、万能薬を飲んだ人は、持病や古傷まで治ってしまったのだとも聞きました。……その、すごく身勝手なお話だとは分かっているのですが、私の能力が追い付かず、治癒が満足にできなかった場合でも、そんな万能薬があるこのレーウェンフックの地ならば、誰かの命を失ってしまうことにはならないと思って……それに、先ほど万能薬の効果を目の当たりにして、ますますその思いは強くなりました」

「なるほど」

どうやらエルヴィラやエルヴィラの周りは例の病にかかっていなかったようで、さっきギガゴンゴルドンに飲ませたことで初めて万能薬の効果を実際に目にすることになったらしい。

つまり、光魔法の訓練はしたいけれど、自分の失敗で誰かの命を危険に晒すリスクは避けたいということね。確かに、そう言われてみれば今のこのレーウェンフックほど光魔法の練習に適した場所はないかもしれない。この地が呪われているおかげで、万能薬の材料であるラズ草は山ほど生えているわけだし。

そして、予知夢の中の私はもちろん万能薬なんて作れなかったから、薬の効果に期待したエルヴィラの登場が、予知夢よりも早いのも納得できる。

そんなことを考えていると、隣の部屋にいるはずのマオウルドットが念話を送ってきた。

『エリオスが、これはチャンスだってさ～』


カインとともに討伐を終えてレーウェンフックの屋敷に戻り、愛馬を連れて厩《うまや》に向かうと、そこには知らない馬がいた。

「……どこの馬だ？」

つぶらな瞳のなかなか可愛い馬だ。どうやらメスのようだな。

ここに見知らぬ馬がいるということは、誰かが来ているのだろうか？　しかし、俺やカインがいない間に本邸に客が来るとは思えないが……。

忌々しいことに、少し前まではルシルに嫌味を言うためだけに暇な貴族が約束もなく離れを訪れることもあったが、俺が脅しを――いや話をつけてからは、そういう類のものはなくなったと思っていたのだが。まだ恐れ知らずが残っていたか?

門に向かうと、門番が困惑した顔をしている。どうやら貴族の女が訪ねてきて、それをルシルが離れに招き入れたのだとか。ならばルシルの知り合いかと思ったが、どうも門番の目には、そういう風には見えなかったらしい。

(面倒な相手でなければいいのだが……)

ルシルは気まぐれで自由だが、お人好しだ。好きなようにやって、結果、人を助けてばかりいるような人だからな……。

気になった俺は、ひとまずカインを連れて、離れの様子を見に行くことにした。


——そして、顔を出して早々、嬉しそうに満面の笑みを浮かべたルシルに捕まった。

「まあ、フェリクス様、カイン様、おかえりなさいませ！　ちょうどよかったです、こちら、エルヴィラ・ララーシュ様ですわ！」

「あ、ああ……?」

誰だこれは。

いや、今ルシルが言ったな。エルヴィラ・ララーシュという令嬢か。あまりにも突然で一瞬彼女の紹介が頭に入ってこなかった。

そのままルシルはニコニコしつつ俺をじっと見つめてくる。これは恐らく、早く挨拶をしろということなのだろうな。

そう思い、ルシルから令嬢に視線を移す。

「フェリクス・レーウェンフックだ」

「は、初めまして、エルヴィラ・ララーシュと申しますっ！」

俺が声をかけると、ララーシュと名乗る女は慌てたように頭を下げて、挨拶を返してくる。何度も瞬きを繰り返し、頬を染め、どこか落ち着きがない。ひょっとして、何かの病を患っているのだろうか？　すると、ここへはルシルの作る万能薬の噂を聞いてやってきたのか？

「あのっ、私、レーウェンフック辺境伯にお会いしたかったんです！　えっと、レーウェンフックの万能薬の話を聞いて、それで……」

……なるほど。やはり、俺の想像通り、万能薬目当てだったようだな。しかし、この令嬢は何か勘違いしているらしい。

「それなら、会いたかったのは俺ではなくルシルだろう。万能薬はルシルが作ったものだからな」

「えっ、違……いえ、万能薬については、その通りなのですが、そうではなく」

「ルシル、あなたがお人好しなのは分かっているが、薬を求める者を誰彼構わず屋敷に招き入れるのは感心しない。直接対応するのではなく、そういう時にはカインを間に入れるようにと言っただろう？」

「えっ！」

なぜかルシルは驚いて、「ひょっとして、今私、叱られているのかしら？」などと呟いている。

だが、確かに俺は、ルシルにそう言ったはずなのだ。

本当は彼女のやりたいようにやるのが一番だと分かっている。しかし彼女は無意識に人を惹きつけてやまないのに、どこか隙が多く無防備だから、いつかよからぬ人間に傷つけられてしまうのではないかと心配なのだ。

このラーシュ嬢とやらにしても、どう考えても怪しいではないか。本当に本物の貴族なのか？見たこともないが。興味のない人間の顔を覚えるのは得意ではないので、王都の貴族ならば顔を知らない者も多いが、もしもこの令嬢が王都の人間ならば、一人でこの呪われ辺境伯と言われる俺の領地には来ないだろう。

そう思い、内心で警戒していると、俺の後ろにいたカインが声を上げた。

「あれっ。ララーシュって、あのララーシュ伯爵家の？」

『あの』？

……………ああ、そういえば、ララーシュ伯爵家の長男とは何度か顔を合わせたことがあるな。

もちろん、ララーシュ伯爵家は覚えている。しかし、あの家に令嬢などいただろうか？

「フェリクス、何よく分からないって言いたげな顔してるんだよ？　ララーシュ家の令嬢といえば、少し前に話題になっただろう？　光魔法を使う、とっても可愛くてまるで聖女様みたいなご令嬢がいるって。なんでも家族が溺愛していてあまり人前に出さないから、幻の妖精姫なんて呼び名もついたんだよね」

「よ、妖精姫っ!?　え、あの、私はそんな大層なものじゃ……」

そんな話もあったか……？

なおも考え込む俺の様子に、ルシルがたまらず口を挟む。

「フェリクス様、朗報です！　この可愛くて妖精みたいな光魔法の使い手、エルヴィラ様が、フェリクス様のお仕事のサポートをしてくれるそうです！」

「「ええっ!?」」

カインとともに、なぜかララーシュ嬢も驚きの声を上げているではないか。ルシル、まさか思い付きで話しているわけじゃないだろうな……？

「ねえ、説明下手すぎない？　僕が代わりにしようか？」

見かねたように部屋に入ってきた大賢者殿が、呆れたようにため息をついた。


結局大賢者殿に事のあらましを聞いた俺は、つい頭を抱えそうになった。

確かに光魔法の向上の訓練ならば、このレーウェンフックはいい環境だろう。だが、その力をあてにできるわけでもなさそうなのに、なぜそれを俺やカインが受け入れる必要がある？

ルシルが妙に嬉しそうなのが気になるが、残念ながらこのレーウェンフックに信用のできない者を置くつもりはないのだ。

そう思い、断ろうとした時だった。

「ほら、お姉さんも、もっとちゃんとお願いしたら？」

大賢者殿が、ララーシュ嬢を促す。

「そ、そうね！　あの、レーウェンフック様！　私、精一杯頑張るので……きゃあ！」

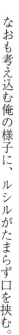

「――っ!!」

緊張なのか焦りなのか分からないが、ララーシュ嬢は俺に近づこうとして足をもつれさせ、こちらに倒れ込んできた。俺は反射的に腕を差し出し、それを支える。

「す、すみません！」

「いや、いい」

……それよりも、今のは俺の勘違いか？

ララーシュ嬢が転んだはずみで俺の手を摑んだことで、一瞬手袋がずれた。本来、そう簡単にずれてしまうような作りではないはずなのに、だ。そして、その時にほんの少しだけララーシュ嬢の手に俺の素手が触れた気がしたんだが……。もしも素手に触れてしまったとしたら、一瞬とはいえ魔力を吸い上げられ、無傷ではいられない。

そう思い、ララーシュ嬢の様子を窺ってみるも、別段異変は見られない。気のせいだったのだろうか？

しかし、なぜか無意識のうちに脳裏に蘇るのは、つい今朝方、大賢者殿に言われたばかりの言葉だ。

『もうすぐその呪いを解く力を持つ人が現れるよ』

引き寄せられるように大賢者殿の方を見ると、彼は意味深な笑みを浮かべ、俺をじっと見つめていた。

光魔法を使い、聖女などと持て囃《はや》される令嬢……能力は高くなく、その訓練のためにこのレーウエンフックに来るほど伸び悩んでいるらしいが……。
まさか、彼女こそが、俺の運命を変えてくれる、その人だというのか？

5章

正しいことが、誰にとっても正解とは限らない？

「ルシーちゃん、だいぶ野菜も育ってきとるわい！」

「まあ、本当ね！　さすがランじいだわ！」

お日様が暖かい昼下がり、今日も今日とて私はランじいと庭でお花や野菜の手入れをしていた。

「ほれ、何を怖がっとるんだ！　お前さんもどんどんやってみろ」

「う、うん……」

ランじいに促されて、エリオスがおずおずと花の苗を植えている。うふふ！　ランじいったらやっぱり面倒見がいいわよね！　私にくっついてきたものの、端の方でじっとこちらを見ているばかりだったエリオスをとっつかまえて、ついにスコップを握らせちゃったわよ！

「いいか、お前さんはもっと花を愛でて、ここの野菜を食え！」

ランじいは、とっても幼いのに一人で離れにやってきて移り住んだ、内気で大人しいエリオスがとても気になるらしく、驚くほど世話を焼こうとしている。

まあ!?　ちょっと待って、今ランじいがエリオスに食べさせようとしているもの、あれは私が収穫を待ちに待った自然に育ったトマトじゃあないの……！　魔法ですぐに育てたものは食べたけれど、最後までランじいが手塩にかけて育てたトマトは私だってまだ食べていないのに！　ランじい、これはひどい裏切りだわ！　……なんて、ちょっと悔しくなったけど、相手はエリオスだものね。

（くっ……仕方ない、私はお姉さんですからね！　トマトの一つや二つ、譲ってあげますよ……！）

いや、やっぱり二つ目は私が食べたいわね……。

そんなことを考えながら、ランじいからエリオスの手にトマトが渡されるのを羨ましく見つめる。

うん、エリオスがトマトを食べたら、私もランじいのところへ行って次のトマトをもらうんだから！

今すぐに私が行くと、エリオスが遠慮しちゃって、あの美味しいトマトを食べないかもしれないので、お姉さんの私はほんの少しだけ我慢することにする。

「……僕、食べても大きくなれないよ」

大きく育ったトマトを両手で包み込むように持ちながら、エリオスがそんなことをぽつりとこぼした。エリオスは、ずうっと昔、私がリリーベルだった頃に見ていた姿そのままだ。実は、まだ私がいなくなった後のことを詳しく聞けていないのだけど、きっと何らかの理由で、体の時間が止まってしまっているのよね。

しかし、少し俯いてしまったエリオスを、ランじいはすかさず鼻で笑う。

「ハン！　何が大きくなれないよ、だあ！」

「え……今僕、鼻で笑われたの……？」

「確かに、お前さんは随分小柄みたいだからな、なかなか大きくなれねえんだろうよ。だけどな、分かってねえな、坊主。美味しい野菜が育てるのは何も体だけじゃあない」

「ええ⁇」

「いい食いもんはな、心も大きく育てるんだ。美味いもんを食べて、腹が満たされりゃあ、心も満たされる。胃袋と同じで、何度も何度も満たされてると、自分の内側もでっかくなるってもんよ」

「自分の、内側……」

エリオスはどこか呆然とした様子で呟くと、じっとトマトを見つめ、意を決したように齧《かじ》り付いた。

「ワハハ！　いい食いっぷりじゃあねえかい」

「……美味しい」

うーん、もういいわよね？　これ以上我慢できないわ！

「ランじい！　私にも美味しい美味しいトマトをちょうだい！」

「ルシーちゃん、任せとけ、一番美味しそうな実《み》はルシーちゃんにとっておいてやっとるからな！」
ラ、ランじい!!　一瞬でも裏切りだと思ってしまってごめんなさい！
一際美味しそうに育ったトマトを受け取りながら、ふと少し離れた場所に目を向けると、マオウルドットが子猫たちを相手に何やらずっと喋っていた。

「いいか、オレはお前たちの友達じゃない！　なんたってオレは誇り高きドラゴンだからな！　こんなちっこいお前たちが近づくのも恐れ多いドラゴンなんだぞ！」

「みゃーん！」

「え？　ドラゴンのわりには小さいって？　これには色々事情が……」

「みーみー！」

「おい!?　今オレのことを丸いって言ったやつ前に出ろ!!」

うふふ、マオウルドットったら、すっかり猫ちゃんたち、特に小さな子たちと仲良しになってい
るわよね。

平和で、楽しくて、思わずにんまりしてしまう。それにトマトがとっても美味しい！

どんどん食べてしまって、ついつい四つ目をランじいにおねだりしていると、エリオスが目を丸くして私を見つめた。

「……こんなに大きなトマト、まだ食べられるの？」

「美味しいものはいくらでも入るのよねえ。私、自分の胃袋が闇魔法で作った空間に繋がっているのじゃあないかしら？　なんて思うことがあるわ」

「かっかっか！　ルシーちゃんは食べっぷりの良さまで可愛いわい！　ほれ、お前さんももっともっと食べて、どんどん食えるようになれ！」

ランじいはそう言うと、エリオスの頭を豪快に撫でた。それに対してエリオスは少し気恥ずかしそうにはにかんでいるものの、嫌がっている様子はない。よかった、相変わらずエリオスがあまりに人見知りのようだから、少し心配していたのだけれど、どうやら杞憂だったようね。

そうして並んでトマトを食べていると、猫ちゃんたちが続々と集まり、私たちの足元にごろにゃんごろにゃんと転がって甘え始める。

今日はとっても晴れているし、こうして外にいると気持ちがいいわよねえ。

私も後でみんなと一緒に日向ぼっこをしようと思いながら、見せつけられた猫ちゃんのお腹を撫でていると、フェリクス様が馬に乗り本邸の方に戻ってくるのが見えた。側には同じようにそれぞ

れ馬に乗ったカイン様とエルヴィラがいる。

あれから、エルヴィラは無事にフェリクス様の側で働くことが決まった。討伐があれば同行して、それ以外の時には側に控えてお話ししたり、メイドの代わりにお茶を淹《い》れたりしているらしい。

そして、気づいたのだけど、驚くことに時々フェリクス様は、手袋を外している時があるようなのだ。いつも、片時も外すことがなかったあの黒い手袋を。

（あら？　そういえば、予知夢のフェリクス様は、手袋なんてしていたかしら？）

とはいえ、予知夢の中で私は徹底的に避けられていて、会うとしても一瞬のことだったから、手袋をしていたかどうかなんて、ほとんど覚えてはいないのだけど。

（まあ、とにかく、エルヴィラとフェリクス様は順調に距離を縮めているみたいね！）

だけど、問題はエルヴィラの覚醒だ。予知夢では私が闇魔法を暴走させて、それをきっかけに覚醒したエルヴィラの大きな力。でも、もちろん今の私はそんなことをするつもりはないし、むしろリリーベルの記憶を取り戻した今、どんなに大きな力を使おうとしても、魔法が暴走することはないと思うのよね。

うーんと考えながら、私は改めて、アリス様が教えてくれた予知夢についての話を思い出してみる。

『いい？　アタシの可愛いリリーベル。予知夢の未来は変えられるけれど、その中の、本当に大事な運命は変えられないものなのさ』

『未来の中の本当に大事な運命ってなあに？』

『それはその予知夢の中で起きる、特に重大な出来事なことが多いわねえ。予知夢は、意味のない未来を見せないからね』

『ふうん……？』


アリス様の話は私には少し難しくて、あまりピンとこなかったのだけれど、それから何度もアリス様と一緒に予知夢を見て、時に未来を変えていくうちに、未来の中には絶対に変わらない部分があるというのがなんとなく分かるようになっていった。まるで、運命を守っているみたいに、他のどんなことが変わっても、変わらない部分があるのよね。

言語化するには少し難しいのだけれど、なんとなく感覚的に、『この部分だろうな』と感じ取ることができる。

そして、フェリクス様の呪いが解けること、そしてエルヴィラが聖女として力を覚醒することは、経験上、きっと運命の部分のはずだわ。

だから、予知夢とは違う未来を辿っても……つまり、私が闇魔法を暴走させることがなくっても、エルヴィラは別のタイミングで聖女の力を覚醒させて、フェリクス様の呪いは無事に解けることになるとは思うのだけど。

（でも、それはそれとしてやっぱりちょっと気になっちゃうわよね～）

だって、予知夢の私は闇魔法の暴走でレーウェンフックを丸ごと危機に晒したのよ？　それに代わる覚醒のきっかけって、一体どんなに大きな事件が起きることやら！

運命の中心にいるはずのエルヴィラやフェリクス様はきっと大丈夫なはずだし、クラリッサ様の魔法でちょっとやそっとじゃ死なない私は大抵のことはへっちゃらだけど、いざという時にランじいやアリーチェ様、サラ、他の使用人たち、ジャック、マーズ、ミシェルや他の猫ちゃんたちもそうだし、もちろんエリオスやカイン様、マオウルドット……はさすがに私と同じくらい心配ないか？

まあ、とにかく、ここにいる私の大事な人たちがうっかり巻き込まれて傷ついてしまわないように、気をつけておかなくっちゃ。

アリス様も言っていたわ。

『予知夢の未来を変える時に、気をつけなくちゃいけないのは変わる未来そのものじゃあないよ。変わった未来の先で、運命に守られていない弱い存在をどう守るかさ』

私にはその力があるんだもの、予知夢で見た時間軸が終わって、運命が現実になるまでは、きちんと見守っていないとね。

(その後はやりたい時にやりたいことをやって、やりたいように生きていくわよ～！)

そう考えて、はたと気づく。

……私、今でもわりとそう生きているわね？　うふふ！

きっと、リリーベルの記憶を思い出さなかった世界線の、予知夢の私には、世界が一つしかなかったのよね。だから、その世界の中で自分の居場所を見つけられなくて、否定されてしまって、悲しくて、自分に価値がないような気分になって……。

だけど、きっと予知夢の私にだっていいところはたくさんあったし、いる場所が違えばきっと幸せになれたもの。ただ、世界はそこにしかないと思い込んで、絶望して、自分の幸せを探しに行こうなんて思いつきもしなかっただけ。

（というか、よく見てみれば幸せなんてそこらじゅうに落ちているし隠れているのよね）

それを知っているから、だから私は願ってやまない。皆が皆、『幸せ見つけ上手』になればいいなあ。

そして、幸せになればいい。

エリオスが俯いていれば声をかけたくなるし、マオウルドットが元気だと平和だなあと思うし、アリーチェ様が会いに来てくれると嬉しいし、フェリクス様の呪いだってどうか解けてほしいと思う。

考えていると、なんだかワクワクしてきたわ！　私はこの溢れるエネルギーを、今一番したいと思っていることに注ぐことにする。

「ランじい！　私、トマト以外も育ててみたいわ！」

「おう、ルシーちゃん、やる気だなあ！　今度は何を作る？　ワシも腕が鳴るわい！」

私は元とんでもグルメ猫リリーベルですからね、実は食に対してなかなか貪欲なのよ。王都では買えないような、なかなか他では育てていないような珍しい食べ物をランじいのスペシャルな手を借りて一緒に作って、お腹いっぱい食べて、もちろん大好きな皆にも振る舞いたいわよね。うふふ、驚いて食べて、喜んでくれる顔を想像すると、今から楽しみだわ！

畑で育てることができる、珍しい食べ物といえば、やっぱりヒナコが教えてくれた異世界の食べ物じゃないかしら？

私はそう思い、闇魔法で作った空間に何があるかを思い浮かべてみる。この空間、闇魔法による異空間だから、実はリリーベルの頃に入れておいたものも残っていたりするのよね。

あーあ、こんな風に生まれ変わっても同じ空間を開くことができると知っていたら、『重くないとはいえ、何が入っているか分からなくなっちゃうわ！』なんて思って急にお掃除モードに入った時に、あれこれポイッと出したりせずに大事にとっておくんだったのに！

ああ、待って？　マシューが見つけてきた異国の野菜の種とかも、確かどこかに入れていた気がするわ。

一度この中に何が入っているか、全部確認し直したいわねと思いながら、私はランじいと一緒に、次は何を育てるかを楽しく相談したのだった。

「あーあ、なんだか面倒なことになりそうな気がすっごいしてるんだけど、俺知らない！」

カイン様がそんな風に呟いていることも、全く気がつかずに。

「ルシル～！　朝飯まだ？」

「僕もお腹空いた」

朝も早くから、マオウルドットとエリオス、小さな二人が私の部屋に突撃してくる。

「うう～ん、私、もう少し寝ていようと思っていたんだけど」

今まで私は離れに一人で住み、起きたい時に起き、食べたい時に食べるという、侯爵令嬢や王子の婚約者として王都で過ごしていた時からは考えられないほど自由な生活をしていたのだけど、ここ最近はマオウルドットやエリオスの腹時計に生活時間を決められつつある。

でも、お腹が空いて飼い主を起こしたくなるのは、リリーベル時代にたくさん経験しているから、気持ちは分かるのよね。それに、私が作った料理を美味しい美味しいとたくさん食べてくれるから、なんだかんだで嬉しいのだ。

「にゃーん！」

「みゃおーん」

「うにゃっ」

ベッドで一緒に丸くなっていたジャックたちも、次々と私にじゃれつきながらにゃんにゃんと騒いでいる。

「みゃあ？　あなたたちもますます遠慮がなくなってきたわね？」

マオウルドットやエリオスという、猫ちゃんたちにとっての新顔が私に全く遠慮しないものだから、『え？　起こすのってありなの？』と言わんばかりに、ジャック、マーズ、ミシェルも以前にもましてご飯を催促するようになってきた。うーん、でも、猫ちゃんなんてわがままならわがままなだけ可愛いんだから、とっても罪深いわよね！　いとかわゆし！

ちなみに半分精霊化している（らしい）猫ちゃん三匹のご飯は、マシューやヒナコが作ってくれていた私用特製ご飯を、エリオスのアドバイスを受けて魔力をすこーしだけ込めて作ったものだ。精霊化しているから、本来は魔力だけでも十分生きていけるらしい。というか、精霊化って何よって感じじゃない？　私、エリオスに聞くまでそんなこと知りもしなかったのだけど。きっと、エリオスを除いたリリーベルの飼い主たちも、知らなかったんじゃないかしら？　あの人たち、自分が興味を持ったことじゃなければ、普通の人が当然知っているような常識だって、知らないことがあったものね。

まあ、私もあんまり人のこと言えないけど。うふふ。

とにかく、本当は魔力だけでもいいらしいけど、だからと言って食べる楽しみを取り上げるなんて選択肢はないのだ。だって、食べることは幸せそのものだものね！

そうやってみんなでワイワイ食事を楽しんで少しした頃、いつも通りにサラが離れにやってきた。

ただ、表情だけはいつもとは違って、どこか困った顔をしているような??

「あの、ルシル様。エルヴィラ様がルシル様にお会いしたいとおっしゃっているのですが……」

「あら！　そうなの？　もちろん大歓迎よ！　こちらに来るのかしら？」

「はい。よろしければ応接室にご案内します」

「分かったわ、よろしくね、サラ」

エルヴィラは本邸の方に毎日通っているから、遠目でその姿を見ることはよくあるものの、直接話をする機会は彼女がここに最初に来た時以来だわ。

ちなみに私は、毎日通うならば、本邸に部屋を用意してあげたらどうかしら？　とフェリクス様に提案したのだけど、そうはしなかったらしい。

よく考えれば、彼女は家族に溺愛されて表にあまり出ていなかったと言っていたし、そんなの家族が許さないわよね。妙な噂が立ってしまってもよくないし。きっとエルヴィラに断られたんだわ。私ったら、最近は貴族社会からあまりに離れた生活をしているからって、つい軽率なことを言ってしまって、よくなかったわよねと反省する。

久しぶりに間近で顔を合わせたエルヴィラは相変わらず可愛くて、まさに聖女やヒロインと言った呼び方が似合う印象だった。だけど、どこか表情が固いように見える。前回の時は緊張しているみたいだったけど、今はそういう感じでもなさそうよね……どうかしたのかしら？

そう思っていると、エルヴィラはサラが淹れてくれたお茶をこくりと一口飲み、少し言いにくそうに口を開いた。

「あの……私、両親に聞きました。ルシル様とフェリクス様の婚約は、元々ルシル様と婚約していた第二王子殿下から、罰として命じられたものだったと」

「まあ、そうですわね」

エルヴィラがどういう話をしたいのかがちょっとよく分からなくて、とりあえず事実を肯定した。

毎日楽しくて、きっかけについてはついつい忘れそうになってしまうけど、この婚約って、確かに元々は私への罰だったわね。

それよりも、エルヴィラの呼び方が『レーウェンフック辺境伯様』から『フェリクス様』に変わっているじゃないの！　あの時は初対面だったみたいだから仕方ないとは思っていたけど、すごく他人行儀で気になっていたのよ。ちゃんと仲を深めているようでよかった〜！

なんて思っていると、エルヴィラは顔をくしゃりと歪めた。あら!?　いつの間にか目もウルウルとしていて、今にも泣き出してしまいそうよ!?

「そんなのって……そんなのって、あんまりです」

エルヴィラは震える声で続ける。一瞬、私が望んだわけではないとはいえ、はたから見れば嫌がるフェリクス様の婚約者の座に無理やり収まった形の私を責めているのかと思ったけれど、どうもそういう雰囲気ではないようだ。

「聞きました！　罰で命じられたなんて言っているけれど、ルシル様はそんな風に罰を与えられるようなことは何もしていなかったって！　それなのに、結局撤回されることもなく、婚約が結ばれて……ルシル様もフェリクス様も望んでいなかったのに、ひどすぎます」

そう言われて、私は考える。

うーん、確かに、改めて第三者から言葉で聞くとひどすぎるわよね。私はこのレーウェンフックでとっても楽しく過ごしているし、大好きなお友達もたくさんできて幸せだけど、それは結果論でしかないわけだし。

正直、リリーベルの記憶を取り戻した私は、どこででも楽しく暮らしていけるけれど、普通のご令嬢なら泣き暮らしていたっておかしくない気がする。

というか、どうやらエルヴィラは私やフェリクス様の気持ちを思い、心を痛めているらしい。私たちの婚約の経緯を知り、居ても立ってもいられなくて、私に会いに来てくれたようだった。

どうせ私は暫定婚約者なだけだから、気にしなくてもいいのよ！　と思うけれど、そんなことは言えないものね。

それにしても、エルヴィラと一緒にいる時間が長いんだから、フェリクス様やカイン様の方から上手くそこのところを伝えてくれたらいいのに～！　なんて思ったものの。

そこで、あの二人はひょっとすると、本気でこのままフェリクス様は私と結婚しないといけないと思っている可能性があることに、今更ながらに気がついた。

（うーん。これはどうにかして、私はフェリクス様の婚約者の地位にしがみつくつもりはないのだと、それとなく伝えた方がいいかしら？）

エルヴィラは目に涙をいっぱいに溜めて、すっかり俯いてしまった。

「すみません、こんなこと言ってもどうしようもないって、一番辛いのはフェリクス様やルシル様だって、分かっているんですけど……」

そう私に向かって謝るエルヴィラ。

うんうん、分かるわ。何もできないけれど、もどかしくて、思わずここまで来てこんな話をしちゃったのよね。私は未来がどうとでもなると分かっているし、いざとなればどうとでもできるとも思っているから気にしないけれど、そうではないエルヴィラは本気で心を痛めているようだ。きっと、感受性がとっても豊かで、すごく正義感が強く、真面目な人なのね。

（というか、ひょっとしてエルヴィラって、もうすでにフェリクス様のことが好きなんじゃあないの？）

だから余計に、意に沿わぬ婚約を結ばされた私たちのことが気になるのではないのかしら？

そんなことを考えていると、廊下の方から誰かが来る気配がし始めた。

おや？　これは……。

「……ここで、何をしているんだ？」

扉を開けて静かに現れたのは、やっぱりフェリクス様だった。

（まあ、まあまあまあ！　うふふ！）

フェリクス様ったら、わざわざエルヴィラを迎えに来たのね！　いつも一緒にいるのに、少しいなくなっただけで気になるなんて、これはもはやフェリクス様もエルヴィラとの恋に落ちた後なのでは!?

私が視線を向けると、フェリクス様と目が合った。エルヴィラが私と何を話していたのか気になるのよね？

でも大丈夫、分かっていますよ！　何も心配いりません。私は予知夢の私とは違って、フェリクス様のことを異性として愛してはいないし、エルヴィラも憎くないし、むしろ二人を応援していますからね！

私はすかさず席を立ち、エルヴィラの下《もと》へ一瞬で移動すると、彼女の手を引き、流れるような動作で立つように促す。

「えっ？」

気づいた時には立っていたエルヴィラは驚いて声を上げたけれど、私はそれを気にも留めず、またもや流れるような動作でフェリクス様の下へ彼女をポンッと誘導した。

「エルヴィラ様、さあ元気を出して！　フェリクス様がエルヴィラ様をお迎えに来てくださいましたよ！　今は色々と気に病むこともあるでしょうけれど、きっと何もかも上手くいきますから、何も心配はいりませんからね」

「は？　ルシル」

「え、あの……」

何かを言いかけるフェリクス様とエルヴィラ。しかし、ここでフェリクス様が私にどんなフォローをしたとしても、エルヴィラはきっと気にするんじゃあないかしら？　だって、私たちは一応とはいえ婚約者同士という立場で、エルヴィラはフェリクス様に（多分）好意を抱いているわけだから、思わぬ方向に誤解をしやすい状況だと言える。

私自身は恋をしたことはないけれど、リリーベルの飼い主だった王女ローゼリアが恋多き女だったから知っているのよ！　恋をすると、人は変な方向に思考が飛んでしまいやすいんだって！　周りから見れば『どう見てもこうだろう』と分かるような状況でも、恋をしている本人は、どうしてそうなったのかしら？　と頭を抱えたくなるような勘違いをし始めるんだもの。特にローゼリアはそういうことが多くて、本当に困ったものだったのよねえ……。

おっといけない、今は思い出に浸っている場合ではなかったわよね。

「さあさあ、そろそろマオウルドットがお昼寝の時間なんです。ごめんなさいね。お二人は本邸でゆっくりとお話しした方が良いと思いますわ！」

「ルシル、俺は——」

『え、オレって昼寝なんてしてたっけ？』

エリオスと一緒に別の部屋にいたマオウルドットが、すかさず念話を送ってくるけれど、気にしない気にしない。

小さな体になったマオウルドットはまるで赤ちゃんみたいですからね。こう言ってしまえばきっと信じてもらえるから、ちょっと名前を借りてしまったわ。

「あーあ、ほらね、フェリクスめ。こういう風になると思ったんだよなあ……」

フェリクス様を追ってきていたらしいカイン様は、相変わらず何やら独り言を呟いている。小さな声で、誰にもバレていないと思っているかもしれないけれど、普通に気づいていますよ？　何を言っているかまでは聞こえないから、『また心の声漏れていますよ！』なんて、わざわざ指摘するほどではないけれど。

しかし、私がすでに退室する気満々なことを悟り、空気の読めるカイン様は、フェリクス様とエルヴィラを促し、連れて行ってくれたのだった。

ちなみに、『オレをダシにするなよ！　なんだよ昼寝ってさ～！　この誇り高きドラゴンであるオレが昼寝なんて、イメージに関わるだろ！』と文句を言ってきたマオウルドットは、その数分後には、子猫たちに囲まれてスヤスヤと寝息を立てていた。自由だ。

マオウルドット、どんどん可愛くなっていくわよね……残念ながら、誇り高きドラゴンの影は、どこかに潜んでしまっているわよ？

「もう！　フェリクスは何を考えているのかしらっ!?　――あっ、エリオス様、お口にクリームがついてますわよ」

アリーチェ様は、離れの一室で私の焼いたケーキを食べながら、フェリクス様に対する怒りを爆発させている。そしてその合間に、エリオスが口の端につけたクリームをせっせとナプキンで拭いてあげるのを忘れない。

「ええっと、でも、エルヴィラはフェリクス様たちのために光魔法を使ってくれていて……」

「そんなの、ルシルお姉様の万能薬で事足りているじゃない！　それにあの女、討伐以外でもいっつもレーウェンフックの本邸にいる気がするんですけど!?　カインも何をしてるのよっ！　――あっ、マオちゃま、もぐもぐたくさん食べて可愛いでちゅわね～!!」

アリーチェ様は怒りに目を吊り上げつつ、合間合間に目じりを下げてマオウルドットを愛でることも忘れない。アリーチェ様、なんだかとっても器用よね？

エリオス様と初めて対面した衝撃で気絶したアリーチェ様は、目を覚まし次に離れにやってきた時にはもうこんな感じで、エリオスの世話をせっせと焼きたがるお姉さんモードと、マオウルドットをこれでもかと可愛がるママ飼い主モードを装備していたのだ。

エリオスに対しては『大賢者』に対する長年の憧れもあってこうなっているらしいけれど、マオウルドットのことはあんなに怖がっていたはずなのに、やっぱりちっこくて丸いこの愛らしいフォルムには抗えないってことなのよね。分かります！

「おい、ルシル？　なんかオレに対して失礼なこと考えてない？」

マオウルドットが何かを感じ取ってじとりと私を見つめてくるけれど、気にしない気にしない。

それにしても、生きとし生けるものは、可愛いには勝てないように本能に刻まれているんじゃあないかしら？

私は、私の足元にくっついて固まっているジャック、マーズ、ミシェルをちらりと眺めながらそんなことを思う。

「とにかく、私はあのエルヴィラとかいう女のことは認めないわ。大体何よ、ルシルお姉様は一応フェリクス様の婚約者よ!?　あ、もちろん、一応っていうのはルシルお姉様を認めていないわけじゃなくて、今のフェリクスがお姉様の婚約者だというのが癪だからつけているの。誤解しないでちょうだいね？」

「あはは……」

なんとも答えにくいため、笑って誤魔化しておく。

うーん。予知夢通りにエルヴィラとフェリクス様に恋が芽生えているであろうことは別にしても、きっとフェリクス様はエルヴィラを側に置いたと思うのよね。だって、エルヴィラは呪いを解く唯一の運命のヒロインなんだもの。エリオスや私の言葉で、予知夢を知らないフェリクス様だって、エルヴィラがそうだと気づいたんじゃないかと思うのよ。

私はエルヴィラについて考える。フェリクス様が手袋を外していたことを思い出してみても——きっと、フェリクス様が触れても、エルヴィラは呪いによって傷つけられることがないんだと予想がつく。覚醒していなくても、きっと、聖女と呼ばれるだけの力は確かにエルヴィラの中に眠っていて、呪いの力に対抗できているんだわ。これってすごいことよね？　だって、クラリッサ様の魔法に守られている私でさえ、表面的な傷を負うことは避けられなかったのに！

だから、私としては二人が一緒にいる姿には納得と安堵しかないのだけど、そんなことはアリーチェ様には言えない。それに、エルヴィラには悪いけれど、アリーチェ様が私を思って怒ってくれているのがとっても嬉しい！　なので、もう笑って誤魔化すしかない。うふふ！

まあ、アリーチェ様の怒りに関しては、呪いが解けた後、フェリクス様にどうにか頑張って信頼を回復してもらうしかないわよね！

本邸に住み込み、離れに毎日来てくれるサラによると、エルヴィラの力は順調に向上しているのだとか。どうも、今まで上手く光魔法を使えなかったのは焦りや緊張のせいだったらしい。やっぱり何事も実践あるのみってことだわ。

私の料理の腕も、作れば作るほど上達しているしね!!

「ああ、私もこの離れに住みたいくらいよ！　だけど、ロハンス家の屋敷に帰るたびに、気分がいいから、その気持ちよさも捨てがたいのよねえ」

「そうなんですか？」

ご家族との関係で長く悩んでいたアリーチェ様。居場所がなくて、地獄のようだったと言っていたこともある、ロハンス伯爵家の屋敷。

「だってね、今までは屋敷に帰る度に、『私がこんなに暗い気持ちの中に沈んでいたって、ここの人たちは気づきもしない』って、惨めで卑屈な気持ちになっていたのよ。だけど今は、『私がこんなに幸せに包まれていたって、ここの人たちは気づきもしない！』って思うと、なんだかとっても愉快な気持ちになっちゃって。うふふ。家の人たちは誰一人、何一つ変わっていないのに、本当に私の世界はガラリと変わったわ！」

「まあ、アリーチェ様、とっても素敵ですわ！」

これもルシルお姉様に出会えたおかげよ、とにんまりと笑うアリーチェ様。なんて可愛いのかしら！　私もアリーチェ様に出会えて、世界がまた少し変わった。だって、大事な人が一人増えた世界は、今までよりも何倍も楽しくて幸せに決まっているじゃない？

（フェリクス様も、エルヴィラとの出会いで、目に見える世界の輝きがうんと増しているに違いないわよね）

ルシルが招き入れたエルヴィラ・ララーシュ嬢は、なし崩し的に俺の側で働く流れになってしまった。

とはいえ、それを受け入れたのは俺自身なので、文句は言えないが。

最終的に彼女を拒絶せずに受け入れたのは、可能性を感じてしまったからだ。普通ならばズレるはずのない手袋、そこに触れたララーシュ嬢の指先、そして、それでも呪いがララーシュ嬢を傷つけることがなかったこと……。これが全て偶然ではなく、運命の導きだったとしたら？

こんな考えは馬鹿げているのだろうか。

大賢者殿の言葉が蘇る。

『もうすぐその呪いを解く力を持つ人が現れるよ』

彼女、なのかもしれない。俺の呪いを解く力を持つ人物。もしや、ララーシュ嬢がこのレーウェンフックで働くことを妙にルシルが勧めるのも、そういうことなのだろうか？　ルシルも大賢者殿の発言に同調し、言っていたではないか。

『とんでもない力を秘めた人を、先日の王宮で見かけた』と。あれは、ララーシュ嬢のことだったのではないか？

それを聞きたいと思うが、なぜかその後、ルシルと満足に話す時間が取れないまま、俺はララーシュ嬢を連れ、カインとともに討伐に出る日が続いていた。

というのも、少し減っていたはずの魔物の出現が、ここにきて急激に増えているのだ。

それに伴い、俺の呪いにもどこか変化があったように思う。

討伐を終えた後、妙に体が重く、疲れている。時には熱っぽく感じることもある。日が経つごとに目に見えて疲労を蓄積させていく俺に、ララーシュ嬢は言った。

「私の光魔法で、少しその疲れを取って差し上げることができるかもしれません。もしよければ、手を取ってもいいですか？　あ、もちろん、その手袋も取ってもらうことになりますが」

……一体、何を言っているのだろうか？

怪訝な顔をする俺に、ララーシュ嬢は慌てて付け加える。

「昔から、私が手を握ると、疲れが取れるとか、軽い風邪ならすぐに治ってしまうとか、屋敷で評判だったんです！　あの、騙されたと思って、ぜひ！　ほんのちょっとだけでいいので！」

そもそも、俺は人に触れられることが好きではない。小さな頃から長く呪いと付き合い、この手で人に触れてしまえば傷つけてしまう、という意識が刷り込まれているせいだろうか。もちろん、素手に触れなければ問題はなく、側にいるだけで影響を与えてしまうわけでもない。それでも、どこか自分の警戒心が、自分の近くに人が寄ることを嫌がっていた。

そんな言いようのない嫌悪感が湧き上がらなかった相手はただ一人……ルシルだけ。

黙り込んだ俺の代わりに、カインがなんでもないことのようにとりなそうとする。

「ごめんね、エルヴィラ嬢。フェリクスは人に触れられるのが苦手なんだよ」

「え、そうなんですか。でも、治療のためですよ？　ちょっと私が触るだけで、楽になるはずなのに。私、お世話になっている分、少しでも役に立ちたいんですっ」

「あはは、そうかもしれないけど――」

「いや、いいだろう」

「えっ」

なおもララーシュ嬢を落ち着かせようとするカインの言葉を俺が遮ると、カインは驚いた声を上げた。それもそうだろう、自分でもなんの気まぐれだろうかという気持ちはある。

ただ、確かめてみたいと思ってしまった。……本当に、ララーシュ嬢が俺の呪いを解く力を持つ人物なのかどうか。はっきり言って、今のララーシュ嬢の力は極めて弱く、とてもじゃないが呪いを解くことができるとは思えない。何しろ俺にかかっている呪いは、大賢者殿にも解けないものなのだ。

しかしやはり、大賢者殿の言葉と、俺の素手に触れても何事もなかったことが気にかかる。

あれは、ただの偶然だったのだろうか。極めてほんの少し、ほんの一瞬触れたくらいで、運よく無事だったに過ぎないのだろうか。それを、確かめてみたいと思ってしまった。

（ほんの少し、一度目と同じように、指先に触れるだけ。それで彼女に異変がないかどうか、確認するだけだ。それならば、少なくとも体に不調をきたすほど魔力を吸い上げるようなことはないだろうし、もし傷を負わせてしまうことになっても、ルシルの万能薬がある）

彼女の痛みを考慮しない考えに罪悪感もあるが、いずれにせよララーシュ嬢はどうしてもこのレーウェンフックの役に立ちたいらしく、このまま引き下がるとも思えない。

それならば、一度だけ試してもいいのではないだろうか。

自分勝手な考えだと分かってるが、もう引き下がれない。

俺は手袋を外し、ララーシュ嬢の差し出した手に、ほんの指先だけで触れようとした。

すると、何を思ったのか、ララーシュ嬢はそのまま俺の手を強引に握ったのだ。

「――っ！　何をっ」

「ごめんなさい！　でも、そんな風に顔色が悪いフェリクス様を、放ってはおけなくて。こうでもしないと、フェリクス様は私に遠慮して私の手なんて握らないでしょう？」

俺は、ララーシュ嬢に遠慮してその手を握らなかったわけではない！

鳥肌が立ち、思い切り振りほどこうとして……気づいた。

「なぜ……」

「ねっ、温かくて、疲れが取れる感じがするでしょう？　私、光魔法を扱う能力はまだまだだけど、魔法として放出しなければこうして癒すこともできるんですっ！」

なぜ、という俺の呟きを、癒しの力に驚いたのだと思ったのだろうか。ララーシュ嬢は嬉しそうに頬を上気させて顔を綻ばせた。俺が癒しを受けていることにどこかホッとしているようにも見える。彼女の行動が心からの善意だったのは本当なのだろう。

そして、その手に傷がつく気配はない。

本当に……彼女には、呪いが効かないのか。

それに、実際、ずっと蓄積するばかりだったなんともいえない疲労や熱っぽさが引いていくのが分かる。

「まさか……ルシルちゃん、このことを言ってたんじゃないだろうな……」

カインが驚き、呆然としたように何かを呟いていることにも気づかないまま、俺の心は一つの可能性に震えていた。

大賢者殿は、呪いを解く力を持つ人が現れる、と言った。それがララーシュ嬢のことならば、こうして、ララーシュ嬢の側にいれば、呪いは薄れていくのだろうか？　このままレーウェンフックで光魔法の訓練を重ね、その能力を開花させる手助けをすれば、呪いを解くほどの力を覚醒させるのだろうか？

そうすれば、俺のこの永遠にも感じていた呪いは解けるのだろうか？

そうすれば――いつか、温度の感じない手袋なしで、傷つけることなく、ルシルの温かく小さな手に、触れることもできるのだろうか？


「ハイハイハイ、そこになおれ～!!」

「は？」

エルヴィラ嬢が帰った後、俺はすかさずフェリクスを立たせた。間の抜けた返事をしながらもなんとなく従ってぴっしり立っちゃうあたり、可愛いやつだよ本当に。

だけど、あれはいただけないだろ〜〜！

「なあ、あれってどういうつもりだったの？」

俺はたまらずフェリクスに尋ねる。言い方に棘があるのは許してほしい。本当は今この場で頭を抱えてしまいたいくらいなんだからな。

しかし当の本人はどこか呆けた様子で、俺の言葉の真意を掴みかねているようだ。

「……あれとは？」

（うああ、そこからか〜〜）

俺の指摘がどこを指しているのか分からないってことは、自分の行動に問題点があることにも気づいてないいってわけだ。

「あのね、お前がこれまで呪いを気にして人を寄せ付けなかったことは知ってる。そのせいで人の気持ちの機微を感じ取ることとか、自分の行動を客観視することが身についてないのも分かる。だけど、ちょっとは考えような」

寄せ付けなかっただけでなく、大抵の人間は呪いに加えて、フェリクス自身の見た目の威圧感に怯えていたせいで、近寄ってくること自体少なかったしな。

ただ、もう今までとは違うだろ？　ルシルちゃんという婚約者がいる上に、フェリクスはそのルシルちゃんに好意を抱いてるだろ。長年一緒にいた俺の目を誤魔化せると思うなよ？　まだまだはっきり自覚してないってことだけでも焦《じ》れったいのに、どんどん問題抱え込んでどうすんだよ！

しかし、フェリクス自身の気持ちを俺の口からはっきり言って自覚させるわけにはいかない。だってこういうのって自分で気づいてこそ意味があるだろって、俺は思うからさ。だからこそ、今の時点で問題には気づいてもらわないと。

俺は、フェリクスには幸せになってほしいんだから。

そう思い、俺はフェリクスがいまいち理解できていない『あれ』の内容について話を向ける。

「あれっていうのはさ、エルヴィラ嬢の提案を受け入れた上に手袋まで外したことだよ！」

「ああ。……ララーシュ嬢は、俺の手に触れても呪いの影響を受けなかったな」

フェリクスは神妙な顔で頷いている。

確かに、そうだった。あれにはもちろん俺だって驚いたさ。けどさ、違うから。

「今、それはどうでもいいから。問題はそこじゃないから」

分かっているよ。フェリクスは呪いが解けるかもしれないって可能性にばかり意識がいってるんだよな。大賢者殿の言葉については俺も聞いたから、それを加味してフェリクスがどう考えたのか予想もつく。

だから、そこは俺にとってはどうでもいい。考えたって、凡人の俺には分からないわけだし。

俺が指摘するのは、もっとこう、人の気持ちとかについてだ。

「エルヴィラ嬢、嬉しかっただろうな～。お前が決してその手袋を外さないの、使用人たちに聞いて知ってたからな」

もちろん、呪いの内容については教えていない。そこまで親しくないし、親しくなるつもりがあるわけでもないしな。ただ、エルヴィラ嬢がしきりに不思議がるから、フェリクスの踏み込んではいけない部分として知らせただけだ。

「そうなのか？　それにしても、何をそんなに嬉しいことがあるんだ？」

「お前さ、誰かが、誰にも言ってない秘密をお前だけに打ち明けてくれたらどう思う？」

「その誰かが秘密を抱えきれなくなったのなら、それを俺が聞くことになったのが偶然だとしても、少しでも力になってやれればと思うな」

……はいはい、俺が悪かったよ。気の抜けた善人め。いいことが全て『いいこと』だと思うなよ！

フェリクスはこんな見た目で、素直すぎるんだよ。ああ、ルシルちゃんがここに来たばかりの時、噂を鵜呑みにしてひどいことを言ったのを思い出してしまって頭が痛い。どうしてよりによって、慣れないことをするのがあの場面だったんだよ……あれで後悔と反省をしちゃって、エルヴィラ嬢には強く出られないでいるし。

がくりときたが、ここで矯正し始めなければ、フェリクスが本当の意味で幸せになる姿を、一生見られない予感がする。それに、俺だってずっとお前の側にいられるかは分からないだろ？　未来には何があるか分からないんだから。だから、いちいち俺が側でフォローしてやるなんてできないんだよ。自分でできるようになってくれなくちゃさ。

そう思い、気を取り直して質問を変える。

「じゃあ、ルシルちゃんが誰にも渡さない特別なお菓子をお前だけに分けてくれたら？」

聞くが早いか、フェリクスは少しだけ口角を上げた。なんだよその緩んだ顔。……お前も人間らしくなってきたよな。

「ルシルからの特別扱いか……悪くないな」

「そう、それだよそれ！　普通はさ、自分だけに何かをしてもらったら特別扱いされてるって思うわけさ！　お前がどんなつもりだったとしても、エルヴィラ嬢はフェリクスに特別扱いしてもらえたって思っただろうね」

「まさか、あれは治療の一環だったろう。おまけにあれだけ強引に申し出ておいて、こちらが受け入れたら特別扱いだと思うなんて……」

「普通なら、そうかもな。だけど、お前、タイミングが最悪だよ。俺がとりなそうとしたところを遮っただろ？　あれで印象一八〇度変わるって。まるでお前が望んでそうしたみたいにも見える」

「…………」

フェリクスは黙り、難しい顔をして考え込んだ。

ああ、考えろ考えろ。じゃないと、このままのお前じゃあ、どう頑張ったってその初恋は実らないからな？


——そんな感じで、生ぬるく見守っていたものの、思っていた以上にエルヴィラ嬢が曲者だった。

いや、曲者って言い方はよくないか。だって、彼女の行動は全て確固たる信念と善意のもとに行われているようだから。悪意なんてない。まあハッキリ言って、少しくらいはフェリクスへの好意と下心もあるんだろうけど、彼女はまごうことなき善人だ。

だけど、俺は思うんだ。『善人』が『いい人』であるとは限らないって。

世界も人間も、複雑にできているんだからさ。自分で自分のことが分からないなんてざらにある。

フェリクスがいい例だよな。人の心がもっとシンプルで簡単なら、良いか悪いか、それだけでいいかもしれないけど、残念ながらそうじゃない。

正しいことがいつも、誰にとっても正解だとは、限らないだろ。

『エルヴィラ、あなたはきっとたくさんの人を救える存在になるわ――』

それは、ララーシュ家が私を新しい家族として迎え入れてくれた最初の日に、お母様になった方が言ってくださった言葉だった。

そうか、と思った。私は人を救える力を手に入れたんだって。

私の生まれた家は、没落した元男爵家だった。優しいお父さんと、いつも微笑みを絶やさないお母さんにたくさん愛されて、家族三人で幸せに暮らしていた。

だけど家には借金があって、少し怖い大人たちが大声を出して家にやってくることも多かった。

小さな頃は知らなかったけれど、まだうちが男爵家だった頃に領地で大きな災害があって、その復興の資金を借りたことが始まりだったみたい。頼れる先が多くはなかったお父さんが、あまりよくない相手にお金を借りてしまったことで、騙されるようにして借りた以上のお金を取られている状態だった。

お父さんは、領民を助けるために必死だっただけなのに――。

善意の行動を悪意の標的にされたことが悔しくて、こんなの間違っているってずっと思っていたの。

だけど私にはどうすることもできなかった。私には何の力もなかったから。

そんな中、私は偶然にも光魔法に覚醒した。それは本当に突然のことで、たまたま街に食材を買いに出ていた時に馬車の事故に遭遇して、その事故で大怪我をした孤児院の子供を助けたいと強く願った時に、突然体から光が溢れ出したのだ。気がついた時にはその子の怪我はすっかり治ってしまっていた。

その子供が暮らす孤児院を支援していたのが、ララーシュのお父様、お母様だった。

『あなたが手に入れたのはとても素晴らしい力なのよ』

お母様は優しく微笑んでそうおっしゃった。

『ただ、あなたを守れる人が側にいなければ、その力を悪用しようと近づいてくる人もいるかもしれないの』

悲しそうにそう言うと、私を養子に迎えたいと提案してくれたのだ。

没落した我が家では、もしも高位貴族が私を利用しようと近づいてきた時に、それを拒否することなんてできないから。

私にとっても、この力を隠さずに、誰かの役に立てられるような環境にいられることは魅力的だった。お父さんとお母さんは、最初は少し戸惑っていたけれど、私の将来を考えればありがたい話だと言って、私の背中を押してくれた。

それにお父様とお母様は、私を養子に迎える代わりに我が家の借金を全て肩代わりしてくれると約束してくれたから、もう断る理由なんて何一つなかったの。

お父さんとお母さんとも自由に会えて、新しく家族になったララーシュ家のみんなも私には優しくて。尊敬できて私を可愛がってくれるお兄様もできて、頭を悩ませていた借金はなくなって、どっちの家族も私を誇りに思うって言ってくれて、私はもっと幸せになった。

だけど、光魔法を覚醒したものの、なかなかその能力が向上しないことが悩みだった。

せっかく、人の役に立てる力を手に入れたのに。人を救える力を手に入れたのに。世の中の間違いを正せるような、そんな存在になれると思ったのに。

ララーシュの家族に恩を返すためにも、私はもっともっと頑張りたいのに……。

だからレーウェンフックの噂を聞いて、藁《わら》にも縋る気持ちで押しかけたの。ここでならきっと、私の力を伸ばせるはずだって、そう思って。

そう、強引に押しかけた自覚はある。だけど、きっとお役に立つんだって決意があるのも嘘じゃない。

レーウェンフック辺境伯であるフェリクス様が、『呪われ辺境伯』と呼ばれていること、その冷酷さで人を寄せ付けないと怯えられていることは知っていた。

……生まれながらに呪われているなんて、なんて可哀想なんだろう。きっと、ずっと辛い思いをしてきて、だから人を寄せ付けないようになってしまったんだわ。

そう思うと同時に、私だったら寄り添ってあげられるんじゃないかと思ったことも否定はしない。少しでも私の力で何かできることがあるなら、助けになれたらいいなと思っていた。

そんな思いでいた私は、初めて会ったフェリクス様に目を奪われてしまった。

色味の濃いダークグレーの髪、こちらの心臓を射抜いてしまいそうな、月の光を閉じ込めたような金色の瞳。なんて綺麗な人なんだろうと思った。この人が『呪われ辺境伯』と呼ばれているなんて信じられない。

警戒心たっぷりに睨まれてしまったけれど、全然恐ろしくなんてなかった。確かに視線は冷たかったけれど、心を閉ざしている証なんだと思うと、怖いと思うよりも悲しい気持ちになった。

そして、会う前よりももっともっと、この人のお役に立ちたいと思ってしまった。

思っていたよりすんなりとフェリクス様のお側にいることを許されて嬉しかったけれど、最初はルシル様のことも気になっていたの。だってお二人は婚約者同士なんだよね。私がこんなにフェリクス様のお側にいてもいいのかなって。

だけど、ルシル様はいつも離れにいらっしゃるし、人に囲まれて楽しそうにしていて。ほんの少しだけ、心の中で、『フェリクス様は大変なのに……』と思っていたのは否めない。

それにね、驚いたのだけど、いつもルシル様と一緒にいる男の子って、あの大賢者エリオス様なんですって！　実は留学している兄が大賢者様のファンで、よく話を聞かされていたのよね。

見た目も年齢もほとんど知られていなくて、噂になるのはその人の逸話ばかり。

呪いに精通していて、どんな呪いでも解くのだとか、人々を救って回っているとか、王家に知恵を貸しているのだとか……私には難しくて分からないことも多かったけれど、大賢者の名にふさわしい功績を次々に残しているから、自由な振る舞いを許されているのだと聞いていたのよね。

それが、あんな幼い子供の姿で、まさかレーウェンフックにいらっしゃるなんて！

ルシル様の周りには他にもたくさんの人がいるけれど、フェリクス様の側にはカイン様だけ。ルシル様も、もっとフェリクス様のことを気にして差し上げればいいのに！

……なんて、思っていたけれど、二人の婚約についての真相を知って、悲しくなった。婚約が罰だなんて、そんなのひどすぎる。

それじゃあ、フェリクス様には、そのお心に寄り添ってくださる人はいないの？

……ルシル様にそのつもりがないのなら、私がお側にいてあげたい――。


「ララーシュ嬢、君の光魔法の能力も随分向上したな。上手く魔法が扱えないと悩んでいたことが嘘のようだ」

フェリクス様にそう褒められた時、私はとっても嬉しかった。

「！　っはい！　今までありがとうございました。これからも、フェリクス様たちが安心して討伐を行えるように、精いっぱい私が――」

だから、次の言葉を聞いた時、何を言われたのかよく分からなかった。

「これで、レーウェンフック以外のどこへ行っても、きっと君は大事にされ、上手くやっていけるだろう。よく頑張ったな」

「え……」

レーウェンフック以外のどこへ行っても？

それじゃあまるで、ここで光魔法を使うことはもうないみたいな言い方ではない？

なんだか嫌な汗が出てきて、慌てて少しだけ話をそらす。

「そ、そうですね！　フェリクス様の呪いも、私が触れることでかなり軽減されているようですし、これからもきっとお役に立てます！」

「……いや、その必要はない。君には感謝しているが、ここ以外にもっとその能力を発揮できる場所があるだろう」

「でもっ」

そこで、私は初めて気がついた。フェリクス様が、困った顔をしている。

なんで？　だって、私の側にいれば、体が軽いでしょう？　私はフェリクス様を少しでも助けて差し上げたいだけなのに……。

そこに、淡い気持ちが存在するのは否定しない。だけど、私の力が役に立つのならば、少しでもその体を楽にしてあげたいという気持ちにも嘘はない。

(呪い自体もそうだし、意に沿わない婚約で、きっと心も苦しんでいるはずだもの)

呪われ辺境伯の噂はもちろん私だって知っている。聞いてみてもはぐらかされるから、その詳しい内容は知らないけれど、いつもの不調が呪いの影響なんだろうなって、それくらいは簡単に想像がつく。私と一緒にいれば、その症状が緩和されることは証明済みだし。

だって、大賢者様がすぐ近くにいるのに、呪いを解いてくれていないっていうことは、きっと、大賢者様にも解けない呪いなんだってことよね？　そんな強い呪いを少しでも軽くできる私の存在って、きっとフェリクス様にとって特別なはずでしょう？

フェリクス様は最初に私が手を取ったあの時以降、手袋を外すのを渋るけれど……毎回強引にでも、なんとかするようにしていた。だって、絶対に体は楽になっているはずで、そうすることで良いことはあっても、悪いことなんてあるわけがないのに、私に対して遠慮なんてしないでほしい。

それなのに、フェリクス様は気遣う言葉ばかりを口にする。

「君をこれ以上レーウェンフックに置くことはできない。君の将来にも差し障るだろう」

「そんな、私は、大丈夫です！」

自分の呪いのことを一番に気にしてほしいのに！　私の将来なんて、どうにでもなるもの。この力を使って、人々を助けることも、私にとっては幸せな未来だわ。それに、もしも、もしもの時には、フェリクス様のお側に置いてもらえたら……。もちろん、ルシル様とフェリクス様が普通の婚約者同士なら、私だってこんなことを考えたりはしない。だけど、違うのなら、婚約なんて贅沢は言わないから、せめて役に立ちたい。

そうできるだけの力を、私は持っている！

困り果てた顔のフェリクス様は、少し迷うようなそぶりを見せた後、小さくため息をついた。

「……俺は、どうやら人の機微に疎いらしい。どう言えばいいのか、そもそも言うべきかどうかが分からないから、自分の気持ちだけを正直に言う」

この瞬間まで、私は少しだけ期待していた。馬鹿な私。

「俺の側にいてほしい人は、ルシルただ一人だけだ。君が善意で言ってくれているのは分かるが、俺がルシル以外をこれ以上側に置きたくない。ルシルに誤解されるかもしれないことも、正直に言えば恐ろしい」

……私が、ルシル様のいる離れに行った時のことが頭をよぎった。フェリクス様が離れに現れた時、ルシル様は、フェリクス様が私を迎えに来てくださったのだと思っていた。ううん、私もそう思ったの。どうしてそんな風に自惚《うぬぼ》れることができたんだろう？

あの時のフェリクス様、どこか焦っていた。顔色も悪くて、私はてっきり、体調が優れないから、私の力を求めて私を探しに来てくれたのかと思ったの。

今更気づいた。フェリクス様はあの時、ルシル様に会いに行ったんだ。それなのに私がいて、誤解されて、傷ついていたんだわ。

私の行動が、フェリクス様を苦しめていたの……？

私は、今までずっと、家族に深く愛されて生きてきた。家族だけじゃない。使用人にも、屋敷に来るお客様にも、みんなに愛されて可愛がられてきた。私が望んだことは、そのほとんどが叶えられてきた。だから、勘違いしてしまったのかもしれない。

なぜか、私は思っていたのだ。フェリクス様も、私のことを好きになってくれるんじゃないかなって。だって、今まで私の周りにいる人たちはそうだったから。私を嫌う人なんて一人もいなかった。誰かに好かれないことなんて、想像もしたことがなかった。

なんて恥ずかしい勘違いなんだろう?

フェリクス様が気遣っていたのは、私ではなくて、最初からルシル様の気持ちだったんだわ……。

「で、でも、ルシル様はフェリクス様のことを、なんとも思っていないようで……」

違う、こんなことを言いたいわけじゃない。こんなの、ただの嫌な女の負け惜しみか、ただの意地悪みたいじゃないの。

そうじゃなくて、私は、私は、そんな風に相手を傷つけることを、言うような人間じゃないはずなのに……。

だけど、フェリクス様は、自分の口から溢れ出た言葉に焦る私には気づかずに、どこか満足げに微笑んだ。

フェリクス様はいつも基本的に無表情で、せいぜい疲れた顔か、難しい顔くらいしか見たことがなかったのに。初めて見たその笑顔に、私は思わず息をのむ。

「そうだな。ルシルは俺にあまり興味がない」

「へっ？」

まさかその表情から、そんな言葉が飛び出すとは思わなくて、変な声が出てしまった。

「俺が最初から間違えたんだ。今もずっと間違い続けている。もう遅いかもしれないが、ようやく気づけたのだから仕方がないよな。……いつか、カインが後悔すると言っていた意味がやっと分かった」

フェリクス様は、私に話しているというよりは、自分の気持ちを整理しているように見えた。

思わずカイン様の方を見ると、『やれやれ』とでも言っているような顔で、フェリクス様を見つめている。

そっか、ここには、私の知らないことがたくさんあるんだわ。

私にはフェリクス様が何の話をしているのかが分からない。フェリクス様も、私に自分の気持ちを詳しく伝えるつもりなどないようだった。

フェリクス様は、私に自分のことを分かってほしいなんて、微塵も思っていないのだと改めて思い知らされる。

よく考えてみれば、フェリクス様の言動は全て私をやんわりと拒絶していた。私がレーウェンフックに来たばかりの時も、困ったような顔をしていたし、手袋を外して私と手を握るのもいつだって渋っている。最終的になんとか受け入れてくれているのも、呪いを解きたい気持ちがあるからというだけのことなんだわ。

討伐や、屋敷で一緒にいる時だって、私が必要以上に近くに寄るのを嫌がっていた。遠慮しているのかなと思っていたけれど、普通に近づかれたくなかっただけなんだ。

分かってしまえばなんのことはない。フェリクス様は私の願いを受け入れてくれたわけじゃなくて、ルシル様が私を受け入れたからそれに従っただけなんだ。

「言葉にすること、伝えようとすることの大切さを、君のおかげで理解できた。本当に感謝している。もしも君の望むものがこの場所で得られなかったのならば、本当にすまなかった」

違う。私は、『光魔法の向上のために』って言って、ここに来たんだもの。欲しかったものは十分すぎるほど得られている。ただ、少し、勝手に勘違いしてしまっただけ。

だって、私は善意のつもりだったけれど、フェリクス様にもカイン様にも、一度だって求められてはいないんだもの。

湧き上がる恥ずかしさを押しこめ、今までお世話になったお礼を言って、私はいつもよりもうんと早い時間に、レーウェンフックを後にしたのだった。

6章

レーウェンフックの呪いは……

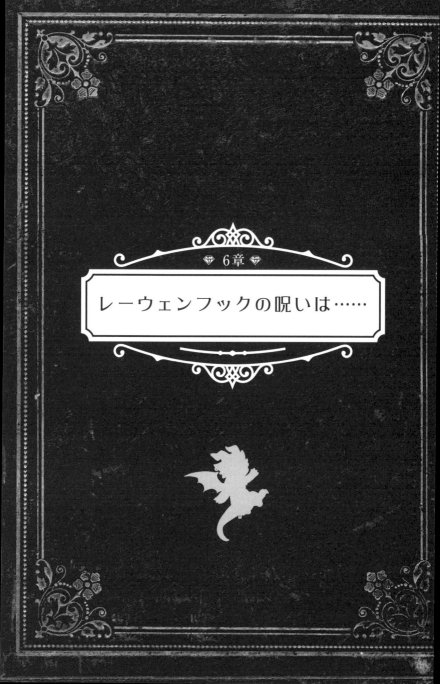

「エリオス、大丈夫？」

「うん……大丈夫だから、リリーベル、側にいて……」

ベッドにもぐりこみ、横になったエリオスが甘えてお願いしてくる。少し前からエリオスは体調を崩し始め、この二、三日は起き上がるのも辛いようでこうしてぐったりとしている。なぜかラズ草の万能薬も効かなくて、お医者様に診てもらっても極度の疲労だと言われるばかりで、とっても心配だわ。

（そうよね、体調が悪いと、甘えたくなるわよね）

心配だけれど、どうやら、これまでにもこういうことは何度もあったらしい。エリオスの体は成長が止まっている。その弊害なのかもしれないわよね……。

私はうーん、と考える。私もリリーベルだった時に、アリス様がかけてくれた魔法で長い寿命を手に入れた。だから、エリオスが昔のままの姿で今も生きていることも、それと同じような魔法の効果なのかと思っていたのよね。実際にエリオスも、以前軽く聞いた時に『これは僕自身が望んだ結果なんだ』って穏やかな顔で言っていたから、余計にそう思ったわけだけど。

けれど、こんな風に体調を崩す姿を見ると、その考えは間違っていたのではないかしらと思えてくる。

（もしも、エリオスのこの状態も、フェリクス様と同じように、呪いの一種だとしたら……）

ふと、そんな考えがよぎる。うん、その可能性はかなりありそうな気がするわ。

だから、エリオスは呪いについてたくさん勉強したのでは？

だから、呪いを解く力がない私には、心配をかけまいとそのことを内緒にしているのでは？

……どうしよう、考えれば考えるほど、この考えはしっくりくるわね。

だけど、もし本当にそうだとするなら、覚醒した後のエルヴィラなら、エリオスの体の問題も解決できたりしないかしら？

そこまで考えが及ぶと、エルヴィラはどうしているのかしらと気になり始めた。

最後に顔を合わせたのはエルヴィラがこの離れに会いに来てくれた時だ。あれから何度か、遠くから姿を見るくらいはしているけれど、あまり私が口を出すのはよくないかもしれないと、彼女の近況については一切聞いていないのよね。そろそろフェリクス様との仲も進展しているのではないかしら？　光魔法の能力が覚醒前にどれくらい向上するのかも単純に興味があるし、そろそろ一度、どうしているのか聞いてみてもいいわよね。

そして、サラに話を聞いてみたのだけれど。


「――ええっ!?　エルヴィラは、もうレーウェンフックに来ない??」

予想外の話に、思わず驚いてしまう。なんと、エルヴィラは十分に光魔法を上達させ、今日でこのレーウェンフックに通うのはおしまいになったのだと言うではないか。

ええっと、どういうこと？　これからは、フェリクス様がエルヴィラのいるララーシュ領に通うってこと？　ええっ？　でも、討伐の頻度は上がるばかりのようだし、そんな時間があるのかしら？

（予知夢とは、随分流れが変わっているから、何が起こっても不思議ではないのだけど……それにしても、今って一体どういう状況なのかは、気になるところよね！）

万が一、何かよくないことが起こっているとしたら、放ってはおけないし。そんな風に思い、どうしようもなく気になってしまった私は、本邸のフェリクス様に直接話を聞いてみようと思い立ったのだった。


「ルシル！　俺も、あなたに会いに行こうと考えていたんだ」

本邸に顔を出すと、私を見つけたフェリクス様は顔を綻ばせて迎えてくれた。

うーん……少なくとも、こうして見る限り、何かよくないことが起こったようには見えないわね？

部屋に通され、ソファに座ると、なぜかフェリクス様はいつものように向かいのソファではなく、私の隣に座った。いつにないことに内心で首を傾げるものの、別にそれはどうだっていいわよねと気にしないことにする。

サラが二人分のお茶を用意して退室すると、室内には私とフェリクス様だけが残った。カイン様はサラたちと一緒に、部屋の外にいるらしい。これも珍しいことよね？

けれど、そんなことよりも気がはやった私は、さっそく聞きたいことをぶつけてみることにした。

「あの、エルヴィラ様がもうレーウェンフックに来ないというような話を耳にしたのですが」

切り出してすぐに、フェリクス様は眉間にうっすらと皺を寄せ、なんだか少し苦しそうな表情になった。ううん？　これは一体、どういう意味の表情なのかしら？

「ララーシュ嬢には、俺からもう来る必要はないと伝えた」

「えぇっ？　ど、どうしてですか!?」

「彼女の光魔法の能力は、もう十分に向上したからな」

なんでもないことのようにフェリクス様は答えるけれど、私の頭の中は『?』でいっぱいだ。

確かに、エルヴィラは『光魔法の向上のために』とこのレーウェンフックにやってきて、そして毎日通っていたのよね。だけど、それってきっかけであって、どんどんフェリクス様との距離も近くなっていたじゃない？　だから、予知夢と同じように、今では少しでも一緒にいたくて、そうしている部分も少なからずあるんじゃあないかと思っていたのだけど……。

予知夢の私は頭に血がのぼっていて気がつかなかっただけで、フェリクス様は思ったよりも、そういう気持ちとお仕事を分けて考えたいタイプだったのかしら？

そう思い、動揺しながらも、もう少し詳しく聞いてみてもいいかしらと考えて、口を開いた。

「でも、エルヴィラ様の能力は、レーウェンフックにとってもとても大きなものだったのではないですか？　それならば、お側にいていただくのもよかったのでは……」

「いや、彼女をこれ以上側に置くことは耐えられなかった」

……耐えられなかった？　なんだか不穏な言い方に聞こえるけれど、どういう意味かしら？

思わず首を傾げると、フェリクス様はますます表情を固くする。

「ララーシュ嬢は確かに、特殊な力を持っているようだった。以前、大賢者殿が言っていた、呪いを解く力を持つ人物とは、彼女のことだったのではないかとも思った」

その通りですよ!! 私は心の中で、全力で首を縦に振る。

「実際に、彼女は俺の手袋なしの素手に触れても、呪いの影響を受けなかった。それどころか、魔法を使ってもいないのに、少しの回復効果があったように思う」

「まあ！ やっぱり！ 何度かお見かけして、ひょっとしてそうなのかしらと思っていたんです！なるほど、そうでしたか。触れるだけで、回復効果……よっぽど、相性がいいんですわね！」

嬉しくなって思わず笑顔でうんうんと頷いていると、フェリクス様は目を眇《すが》め、私をじっと見つめた。

「……言っておくが、これは、ララーシュ嬢が呪いの影響を受けないかもしれないという可能性に気づいて、本当にそうなのかを試したかっただけで、何も俺自身がララーシュ嬢に手袋なしで触れたかったなどと、そういう意味合いは一切ないので誤解しないでほしい」

「ええっ？ は、はい。えぇっと、けれど、それほどの力を実感していたのなら、なおさらどうして、エルヴィラ様をレーウェンフックに留めておかなかったのですか？」

「理由はいろいろとある。ルシル、あなたが今伝えたような誤解をするのではないかと恐ろしく思ったというのが大きな理由の一つだ。だが、もう一つ……彼女の手に触れた日は、必ず、夢を見るんだ」

なんだかフェリクス様は不思議なことを言っている気がしたけれど、それよりも、最後の言葉が気になった。

「夢、ですか？」

フェリクス様は、顔をくしゃりと歪めて頷いた。

「ひどく恐ろしく、そしてまるで、未来の一つを覗き見ているかのように、妙な現実感のある夢だ」


俺は、カインにも言っていない話をついに打ち明けた。ララーシュ嬢の手に触れると、必ず見るようになってしまった夢の話。

「ええっと、それは、どんな夢なのかを聞いても？」

ルシルが遠慮がちに聞いてくる。むしろ、聞いてほしい。本当は吐き出したくてたまらなかった。自分の中だけで抱えていると、その夢に取り込まれてしまいそうで、それがいつか真実になってしまいそうで、心の底から恐ろしくなる。

「夢の中でも、ルシルは罰としてこのレーウェンフックに来た。だが、婚約者となっている現実とは違い、夢で俺たちはすぐに婚姻を結ぶことになった」

じっと俺の話に耳を傾けてくれているルシルに話しながら、俺は夢のことを整理するように思い出していく。


夢の始まりは、現実でも俺がルシルに対して言い放ったあの言葉だ。

『俺は君のような心の醜い愚かな女が一番嫌いだ』

……今思えば、どうしてあんなことが言えてしまったのだろうか。後悔しかないその言葉を、しかし夢の中の俺は心の底から正しいと思い、現実に俺が口にしたよりも強い気持ちで言い放ったのだ。

夢のルシルはそれを聞いて、みるみる顔を歪め、憎々しげに俺を睨みつけた。

そこから、現実とは到底かけ離れた日々が始まる。


離れに入り、怒りを爆発させ、物を手当たり次第に投げつけ、部屋を滅茶苦茶にしたルシルは、すぐに通信用水晶でサラを呼びつけると手を上げた。

現実と同じように、少しの反抗心からルシルの世話を最初から万全に整えるようなことはしなかったサラは、一番の標的となった後も、自分の失態のせいでもあるからと、すぐに俺に相談することはなかったのだ。

気づいた時には、全てがひどい有様で。噂以上の心醜い悪女の所業に、心の底から冷えていくのを感じていた。

（なんなんだ、この女は……）

あまりにひどい評判に、先んじて釘を刺したつもりだった。俺から距離をとり、少しでもおらしくしておいてくれればそれでよかったというのに。呪いにおかされた俺は、どうせ彼女を満足させることもできないのだから、お互いが干渉せず、それなりの自由で満足してくれればいいではないか。

どうせ、この婚姻は彼女に与えられた『罰』なのだから。

いや、そもそも、俺との婚姻が罪人への罰などとは本当にふざけている。

頭を悩ます俺をよそに、ルシル・グステラノラの行動はどんどんエスカレートしていった。

討伐で俺が不在がちなばかりに、使用人たちには苦労を掛けてしまう。心苦しく、せめて少しでも彼女を抑えられないかと顔を出してみれば、いつだって使用人に当たり散らし、時には怪我まで負わせる始末。

だがそれも、俺の最初の対応が間違っていたせいだというのはよく分かる。ルシル・グステラノラは、俺と目が合うと悲しそうにその瞳を揺らすのだ。

あれは、見覚えがある。愛を求めている目。アリーチェやカイン、そして、鏡の中で見る自分の目……。彼女もまた、心に深く暗い闇を抱えているのだ。

しかし、だからと言って、その行いは許容できるものではない。

何がどうしてそうなったのか、彼女はどうやら俺を気に入っているらしく、隙さえあれば触れようとしてくる。

……あの遠慮のなさで、あの強引さで、もしも何かの拍子に、俺の素手に触れてしまうようなことがあれば、きっとルシル・グステラノラは無事ではいられないだろう。

彼女のことは好きになれないが、だからといって傷つけたいわけではない。ありえそうな可能性にゾッとして、より一層ルシル・グステラノラから距離をとるようになった。


――エルヴィラに出会ったのは、そんな時だ。

『あの！　私、実は光属性魔法を使えるんですが、能力がなかなか向上しなくて……不躾なお願いなのは承知していますが、このレーウェンフックの地で、どうか働かせていただけませんか!?』

……最初は、また面倒ごとが増えたと、そう思った。

しかし、ひょんなことから、エルヴィラは俺の呪いの影響を受けないことが分かったのだ。素手に触れても、平気な顔をして笑っている。あまりのことに、呆然としてしまった。

エルヴィラだけが、俺に触れることができる……。

それは俺に差した唯一の光。この人は特別な存在なのだと、本能が訴えかけてくる。

それからは、常にエルヴィラを側に置いた。

彼女は光魔法の使い手で、討伐においても素晴らしい存在感を発揮してくれていた。彼女一人がいるだけで、討伐が安心して行える。それに、何よりも、俺の呪いをものともしない彼女といると、自分が普通の人間であるかのように感じることができたのだ。

驚くことに、エルヴィラは俺に好意を寄せているようだった。だから、俺はできるかぎりそれに応えようと思った。与えられる安らぎと、普通であるという証明に、返せるものはそれくらいなのだから。側に寄ってくれれば、それを受け入れ、見つめられれば、決して目を逸らすことなく視線を返す。そうすることで、エルヴィラが嬉しそうに顔を綻ばせることが、自分にとっても喜びだと感じられた。

いや、そう思い込もうとしていたのかもしれない。そうすれば、こんな俺でも『普通』の人間でいられる気がしたから。

エルヴィラは、俺とルシル・グステラノラとの婚姻を可哀想だと泣いた。

可哀想、か。そうなのかもしれない。しかし、きっと、俺以上に可哀想なのは、こんな呪われた男に無理やり嫁がされたルシル・グステラノラだろう。聞けば、バーナード殿下が、寵愛する恋人のために彼女に冤罪をかけたのが今回の婚姻の始まりだったというではないか。

ルシル・グステラノラはただ愛を求めているだけではない。ひどく傷つけられ、その傷口から流れ続ける血を、涙を、止める方法が分からずに、周りのことも傷つけているのだ。

そのことを知らせてきたカインは、俺がエルヴィラを側に置くことに対して、あまりいい顔をしない。

『俺はお前の幸せを願ってるから、やめろとは言わないけどさ。ルシル・グステラノラ嬢は、離れに一人で、どんな気持ちなんだろうな。そりゃ、使用人たちに乱暴しているのはいただけないけど、正直少し、気持ちは分かるからさ……』

その言葉が、胸に小さな棘となって刺さっている。だが、だからといってどうすればいいと言うのだろうか。俺は呪われていて、決して、ルシル・グステラノラを本当の妻にはできないのだ。

結果、どうしようもないのだと自分に言い聞かせている間に……ルシル・グステラノラはあろうことかエルヴィラを害そうとし、失敗して、闇魔法を暴走させた。それは、このレーウェンフックごと覆いつくすほどの、大きな闇。

なんの因果か、その闇を払うために、エルヴィラは真の力を覚醒させ、聖女の称号を得ることになった。そして、信じられないことに、エルヴィラはその力の覚醒に際し、俺と、このレーウェンフックの地にかけられた呪いを、綺麗さっぱりかき消したのだ――。

聖女になった彼女が、王族に望みを聞かれ、乞うたのが俺との婚姻だった。

俺に拒否するという選択肢などありはしなかった。エルヴィラは俺を人たらしめてくれる唯一の存在であり、特別な人であり、呪いを解いてくれた恩人だ。

こうして俺はエルヴィラを妻に迎えた。

そして、ルシル・グステラノラは処刑されることが決まった……。


――夢のこととはいえ、ルシルが処刑などと、考えるだけで気分が悪くなる。どうして俺は、ラ

婚約者様には運命のヒロインが現れますが、暫定婚約ライフを満喫します！
2
〜あなたの呪い、
嫌われ悪女の
私が解いちゃ
ダメですか？〜
星見うさぎ
ill. Qi234
初回版限定
封入
購入者特典
特別書き下ろし。
カリスマ白猫ゴンちゃんの災難
※『婚約者様には運命のヒロインが現れますが、暫定婚約ライフを満喫します！ ②〜あなたの呪い、嫌われ悪女の私が解いちゃダメですか？〜』をお読みになったあとにご覧ください。
EARTH STAR
LUNA

ツヤツヤの毛並み、ふわふわで長い尻尾、ちょっぴり湿ったキュートなお鼻。超絶可愛くて世界一素敵な白猫、それがこのわたし、ゴンザレス！

　野良猫界の女神と名高いわたしが、野良仲間たちの羨望の眼差しを一心に受けつつ歩いていると、一匹の猫が慌ててこちらへ向かってきた。

「ゴ、ゴンちゃん様〜！」

「あら、どうしたの？」

　全く、取り乱しちゃって、騒がしいわね。どうやら何か大変なことが起こったようだけれど、優雅なわたしはこんな時でも落ち着きを失わないの。さあ、このわたしに言ってごらんなさい！

「そ、それが、妙な噂を聞きまして！　ゴンちゃん様のご親友、ルシルさんのところにどうやら新入りが現れたようです！」

「なんですって——!?」

　聞けば、なんとその新入りとやらはいつだってルシルの側を離れず、あの辺を活動範囲としている猫たちにも受け入れられ、それなのに猫集会には真面目に参加せず、ふてぶてしい態度で傲慢に振る舞っているのだとか……。

「おまけにその新入り、ルシルさんと一緒に寝てるらしいっす！」

「ゆ、許せない……！」

それが本当なら放ってはおけない。大体、ルシルの大親友でありソウルメイトでもあるこのゴンちゃん様になんの断りもなくルシルと暮らしているですって？　そこはまず自分からわたしのところへ挨拶に来るのが礼儀じゃない？　猫集会に参加しないのは自由だけど、新入りの癖にそんな態度で受け入れられているなんて、他の猫たちは一体何をしているのかしら!?　先輩なら先輩らしく、ちゃんと後輩を指導して序列を教えとくもんでしょう！

ああ、全く！　どいつもこいつもわたしがいなくちゃダメなんだから！　ルシルもルシルよ！　私ですら一緒に寝たことなんてないのに！　先にルシルと出会って名前までもらった三匹はいいとしても、新入りにそんなの……ズルい……！

「今からルシルのところへ行くわ！」

方々から、「ひゅ～！　さすがゴンちゃん様！　かっこいいです！」とかなんとか聞こえているけれど、今はそんな声に応えている余裕もない。

場合によっては、このわたし直々に、新入りにビシッと教えてやらないとね！


急いでルシルのもとへ向かった私は、屋敷に近づくにつれて、その様子のおかしさに不安な気持ちになり始めた。やっと屋敷の前に着いた時には呟かずにはいられないほどの動揺で。

「う、うにゃあん……（な、なによこれ……）」

ルシルの縄張りがジャングルになっている件。

え!?　つい最近までこんな風じゃなかったわよね!?　ルシルお気に入りの庭園はまだしも、他はどちらかというと枯れ気味の場所じゃなかった!?　どー見てもジャングルなんですけど!?　草とか木とか花とかって、こんなスピードで育たないわよね!?

「ぶみゃあああ～……（こわいよ～……）」

理解できない現象に出会った時、なんだか恐怖を感じるのは人間も猫も同じなのだ。

「ゴ、ゴンちゃん様？　大丈夫ですか……？」

「ハッ！」

一緒についてきていた仲間に声をかけられて我に返る。いけない、いけない！　わたしはこんなことで恐怖を感じて動けなくなるような弱いお猫様じゃないのよ！

それに、ルシルは元リリーベル。英雄たちに愛された聖獣だもの！　特別なルシルの周りで普通では考えられないことが起こったって、何もおかしなことはないわよね。ああ、よかった、冷静になったら少し落ち着いてきたわ。

　気を取り直して、ツンと顎を上げ、とりすます。

「……それで？　その新入りとやらはどこにいるのかしら？」

「ええっと、確か、このくらいの時間はゴンちゃん様のご親友のルシルさんが庭園で畑をいじってるらしく……その側でくつろいでいることが多いという情報が入っています！」

「庭園ね！　行くわよ！」

「はい！」

　ふう。新入りに会ったらまずどうしてやろうかしら？　先輩として礼儀知らずに説教してやるべきよね？　場合によっては猫パンチかますのも吝かではない。

　そんなことを考えながら、庭園の方を覗いてみたところ――。

「な、なにあれ」

　庭園の日当たりのいい場所に、子猫たちが集まっているのだけれど、問題はその中心にいる黒い生き物だ。

　丸くてコロンとした体を覆うキラキラとした鱗、つるんとした太い尻尾、頭に生えてるのはどう見ても角だし、背中には翼――ちょ、ちょっと！　あれのどこが猫よ!?　しかもルシルに感じたのと似ている、天災を濃縮したような魔力を感じるんですけど!?

　待って、あの猫たちはどうしてあの恐ろしい生き物に群がれるの!?　ああっ！　びたんびたんしている尻尾はあんたたちみたいなひ弱な存在の玩具じゃないのよ――――！

　ヒヤヒヤしながらも目を逸らせずにいると、ゆったりと眠っていたその黒い生き物がおもむろに目を開け、こちらを見た。視線が交わる……。

「ひっ！」

　おまけにその生き物はなんと自分に群がっていた子猫たちをゴロンゴロンと転がしながら身を起こし、バサリと翼を広げたかと思うと、私めがけて飛んでくるではないか！

（い、いやあああ！　こ、殺さないですみませんごめんなさいもう二度と調子に乗りませんんん！）

　大絶叫も言葉にはならず、はくはくと口を開くばかりの私の前に、ソレは降り立つと……。

「なに、お前？　だれ？」

こてりと首を傾げて私をじっと見つめる……。

「しゅ、しゅみましぇん」

しかし、謝罪の言葉を絞り出すのがやっとの私の後ろから、ついてきていた仲間が余計なことを叫ぶ！

「お前こそ誰だ！　この新入りめ！　このお方はルシルさんの大親友である偉大なる白猫、ゴンちゃん様だぞ！　この方に挨拶もなくルシルさんと暮らし始めるなんて無礼なやつ！　ゴンちゃん様、びしっと言ってやってくださいよ！」

「や……」

「や？」

「やめなさ――――い！」

「えっ？　ゴ、ゴンちゃん様っ？」

なんでこの生き物を見て新入りの猫だなんて思えるわけ!?　信じられないっ！　必死で止めたものの、放たれた言葉をなかったことにはできない。黒い生き物はわたしをぎろりと睨みつけた。

ひぃいいいいっ！

「なに？　お前、ルシルの親友だと？　ふん！　お前が本当に親友だっていうなら、このオレ様は大大大親友だね!!　なんたってこのオレは強くてかっこいい誇り高きドラゴンなんだからな！」

「……ド、ドラゴン？　あの、伝説の生き物の、ドラゴン……？　偉大で最強なドラゴン……？」

「えっ!?　へ、へへへ、なんだお前、またルシルの友達が増えるのかよってムカついたけど、なかなか話の分かるいいやつだな！」

黒い生き物――ドラゴンはそういうと、ニカッと笑った。

ああああ、ルシル……いくら英雄たちに愛された元聖獣だからって、規格外にも限度があるでしょう。まさかドラゴンが友達で、ルシルの側にべったり張り付いてるなんて……。

その後、まさかこのドラゴンに見つかるたびに、何度も何度も何度も褒めたたえさせられることになるとは、この時のわたしは思いもしないのだった……。

ラーシュ嬢をエルヴィラと親しげに呼び、特別な存在などと思ったのだろうか。

目が覚めてみれば分かる。夢の中の俺は、ただ俺の呪いの影響を受けない存在がいるという事実に、安堵しただけだ。その安堵が安らぎのように感じられ、錯覚していた。

馬鹿げている。夢の俺は、本当に何も知らない大馬鹿者だったのだ。

特別とは、唯一とは、本当に側にいてほしいと思う感覚とは、そんなものではないのに——。

だが、ルシルと出会い、その本当の意味を知った今だからこそ、そのことがようやく分かるようになったのだ。

夢でそうだったようにルシルと距離をとり、相容れない関係のままでいれば、俺はまたそう勘違いしたのかもしれない。

本当のルシルを知らないままでいた時間軸など、考えるだけでゾッとする。本当に、なんと恐ろしい夢だろうか。

何よりも受け入れがたいのは、夢の俺が、心の底からその現実を『幸せ』だと感じていたことだ。

あれが現実だったならば、きっと俺は一生、本当の幸せを知らないままだったに違いない。

ルシルは、俺の話を黙って聞いてくれていた。

「……もう、あんな悪夢を見るなど、耐えられない。ルシル、あなたが側にいないのに幸せを感じ、あなたが……処刑されるなど…………夢の中の自分がそれを受け入れていることも含めて、目が覚める度に、どうにかなってしまいそうになるんだ」

フェリクス様の夢の話を聞いてから数日。

相変わらず体調がよくならないエリオスの側で様子を見ながら、私はずっと、その夢について考えていた。

(……うーん、やっぱり、どう考えても私の見た予知夢とほとんど同じものよね?)

話を聞く限り、そうとしか思えない。違うのは、その時間を見る視点。予知夢は自分の視点から未来を見るものだから、もちろん私は私の視点で夢を見たし、フェリクス様は同じ未来をフェリクス様の視点で見たようだった。全く同じと言わず、『ほとんど』という表現に落ち着いたのは、恐らく起きていることは同じなのに、感じ方・捉え方が違いすぎて、本当は別の出来事の可能性もあるのじゃあないかしら? と思えてしまったからだ。

とはいえ、もう予知夢の時間軸に入っているので、このタイミングでフェリクス様が見たのはもはや予知夢ではなく、あえて言うならば『あったかもしれないもう一つの現実』といったところかしら。

エリオスが同じ予知夢を見たという前例もあるし、ありえないことではないのよね。何よりも、フェリクス様までもが予知夢を『共有』した理由に心当たりがある。

(どう考えても、フェリクス様が魔力枯渇に陥った時に、空っぽの魔力回路の中を一度、私の魔力でパンパンにしたせいだわ!)

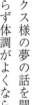

つまり、アリス様が私に魔力で長い寿命を与えたことで、私はアリス様と一緒に予知夢を見るようになったわけだけれど、それと同じようなことが私とフェリクス様の間にも起こったというわけよね。とはいえ、私の力でもアリス様と同じ現象が起きるなんて、とっても不思議だわ！

だって、大魔女アリス様と私では、力の強さにとんでもなく大きな隔たりがあるわけで、まさか私のちっぽけな力でそんなに他者に影響を与えられるなんて、考えたこともなかったんだもの。

興味深い事実にうんうんと頷きながら、しかし、ずっと気になっていることに思考は飛んでいく。

「フェリクス様、予知夢のことを、『悪夢』だって、はっきり言っていたわね……」

夢の中の自分が幸せを感じていたことすら、恐怖に感じているのだと言っていた。これって、一体どう考えればいいのかしら？

確かに、予知夢とは違って今の私は比較的穏やかで、フェリクス様ともなかなかいい友好関係を築けていると思う。その記憶があるからこそ、夢の中の私がいかに暴力的で厄介で、前評判通りの醜い悪女の振る舞いをやめなかったとしても、処刑にまでなったことに対しては後味の悪さを感じてしまうのかもしれないわね。

だけど……。

「夢の中で感じたことも教えてくれたけれど、随分と思っていた感じとは違っていたような……」

私が予知夢で見たフェリクス様は、とってもエルヴィラを愛しているように見えたのだけど、フェリクス様の話を聞く限りは、そういうのとは少し違うように思えるのよねえ。もちろん、夢の中での振る舞いの際にどう思っていたかという内容を解説してくれているのが、その時のフェリクス様ではなく、少し変わった未来に生きる今のフェリクス様である時点で、全てが本当にその通りだったかは分からない部分もあるとは思うけれど。

恐らく、運命のヒロインであるエルヴィラの力に触れることで、私の魔力の影響で潜在的に見られるような状態になっていた予知夢が、引き出される状態になってしまったのだと思う。

それにしても、普通、夢の中で恋人だったりすると、現実でも多少なりとも意識しちゃうものではないの??

だって、恋多き女であるローゼリアも、あまり異性に興味がなさそうだったヒナコも、両極端な二人が二人とも、同じようなことを言っていたわよ？『昨日までなんとも思っていなかったのに、あんな夢を見ちゃったからちょっと好きになってしまったじゃないの！』って！

ちなみにヒナコはその理由について、脳がどうとか、夢とはつまり～とか、よく分からない話を交えて説明してくれたけれど、あんまり覚えていないのよね。だって、本当によく分からないことだったんだもの。

「リリーベル？　一人で何を言っているの？」

考え込んでいた私は、エリオスに袖を引かれてハッと我に返った。

いけない、いけない。側にいるのに全然別の考え事に集中しちゃうなんて、具合のよくないエリオスに寂しい思いをさせちゃうわよね。

「ごめんね、なんでもないのよ」

ちなみに、フェリクス様は夢の話をした後、すぐにまた魔物の発生の報を受けて慌ただしく出て行った。その後もやはり魔物が頻繁に発生していて、あれからゆっくり話をする時間をとれていないのよね。

具合の悪いエリオスにはゆっくり休んでほしくて、最近のあれやこれやはあまり話していないので、考え事については言わなかったのだけれど、エリオスはそのことをとても気にし始めてしまった。

「なあに？　僕、気になる。リリーベルはずっと何を考えているの？」

……ここまで気になってしまったら、隠せば隠すほどさらに気になってしまうわよね？

そう思い、私は一番軽い内容について話すことにした。

「実はね、エルヴィラがレーウェンフックを去って行ってしまったのよ。予知夢の私はフェリクス様の側にいるエルヴィラの印象しかないものだから、ここからどうなるのかと思って気になってしまって」

未来が変わったとはいえ、エルヴィラはフェリクス様の呪いを解く『運命のヒロイン』で、そのこと自体は疑っていないので、本当にただ興味本位で気になる話をしているくらいの気持ちだったのだけれど。

私の予想に反して、エルヴィラがいなくなったということに、エリオスがひどく狼狽《うろた》え始めた。

「エルヴィラが、レーウェンフックからいなくなった？　どうして？　待って、それじゃあフェリクスの呪いは？」

「ええっと、呪いはまだ解けていないようだけど……でも、予知夢とは色々と少しずれ始めているじゃない？　そこまで心配しなくても大丈夫なんじゃないかと思うのだけど」

「違う……違うんだよ、リリーベル。エルヴィラには、絶対に役目を果たしてもらわなくちゃいけないのに。未来が変わったって、どこまで？　万が一、エルヴィラが覚醒しなかったら？　その時は、その時は……」

取り乱したエリオスは必死で言葉を紡いでいたけれど、次第に意識が朦朧《もうろう》とし始めたようだった。

「まあ！　ひどい熱だわ！　エリオス、大丈夫。大丈夫だから、今はゆっくり休んで」

「でも、リリーベル。未来が……」

「エリオス。未来は変わっても、核になる運命は存在するの。大丈夫。エルヴィラは必ず覚醒するし、フェリクス様の呪いは確実に解かれることになるから」

「本当に……？」

「本当よ！　私がエリオスに嘘をついたことがあった？」

「ううん……そうだよね、リリーベルがそう言うなら、きっと大丈夫だよね……」

そこでやっと安心したように落ち着いたエリオスは、すぐに眠りについた。熱が上がって、不安定になって、軽くパニックを起こしてしまったようね。

それにしても、『エルヴィラには絶対に役目を果たしてもらわなくちゃいけない』という言葉が少し引っかかるけれど……。どちらにしろ、その役目は確実に果たされるはずなので、今は気にせず、エリオスのことに集中しようと思い直したのだった。

エリオスが体調を崩して数日経つが、いっこうによくなる気配はないし、フェリクス様も忙しそうだ。

どうやら魔物が発生する頻度がどんどん増え、止まらないらしい。

あまりにもフェリクス様と顔を合わせていないわねと思い聞いてみたところ、サラがそう教えてくれた。

「フェリクスもカインも討伐で全然屋敷にいないし、エリオス様はずっと寝込んでいるし、心配なことばかりね、ルシルお姉様」

離れに訪ねてきたアリーチェ様はそう言って表情を曇らせた。エリオスの体調不良が、ひょっとして普通の病のように他者にもうつるものだといけないので、今は別室にいる。私はクラリッサ様の魔法に守られていて大丈夫だけれど、アリーチェ様はそうではないものね。状態異常に耐性があると言っても、これが病ならば関係ないわけだし。

かく言うアリーチェ様も、心配のせいかどこか元気がなく、ソファで私の隣に座るとキュッと抱き着いてきた。その背中を撫でてやりながら、私は考える。

確かに、なんだか色々と不穏な空気が流れている気がするわよね。私の周りで完全にいつも通りなのは、マオウルドットくらいだわ？

そのマオウルドットはなぜか相変わらず子猫軍団に絶大な人気を誇っており、今もこの部屋の隅で子猫に埋もれて昼寝している。最初は『くっつくな！』『オレは友達じゃない！』と怒っていたものの、全く意に介していない子猫ちゃんたちに慣れたのか、はたまた諦めたのか、最近ではくっつかれるままにそれを許していて大変微笑ましいのだけど。

するると、子猫軍団の中からミシェルがひょっこりと顔を出し、こっちにちょこちょこと歩いてきたかと思うと、ぴょんっとジャンプしてアリーチェ様のお膝の上に収まった。アリーチェ様はそれに少し目を丸くして驚くと、嬉しそうに顔を綻ばせる。

「まあ！　ミシェルちゃま、私のお膝に来てくれるなんて珍しいわね！　いつもはルシルお姉様が隣にいると、『私のものよ！』なんて声が聞こえてきそうなほど、お姉様にベッタリで独占したがるくせに」

ツンッとした言い方で、けれど嬉しさを隠しきれないアリーチェ様、いとかわゆし！

ひょっとするとミシェルは、アリーチェ様の元気がないことに気がついて、慰めようとしてくれているのかもしれないわね。うふふ！　なんだかんだ皆仲が良くて何よりだわ！

けれど、ふと思い出す。そういえば猫ちゃんたち、こんなに離れの中を自由に出入りしては歩き回って、好きな場所で好きなように過ごしているのに、エリオスの部屋ではどの子も見たことがないわね⁇

猫たちは感覚が人間よりも鋭いから、エリオスの体調不良について何かを感じているのかしら？

……いいえ、よく考えると、体調が悪くなる前からそうだったような気がするわ。マオウルドットはここに来てすぐに子猫軍団に囲まれて離してもらえなかったけれど、エリオスには誰も近寄らなかったような??

　気になり始めると、どんどん気になってしまう。私はちょうど部屋に入って私の足元でスリスリと体を擦りつけ始めたマーズに聞いてみることにした。

「にゃおん？　ねえマーズ、あなたたちって、ひょっとしてエリオスのことがあまり好きじゃないのかしら？」

「にゃ〜ん」

（あらっ）

　マーズの返事は少し意外なものだった。『好きじゃないどころか、本当は大好きでくっつきたいのに、そうできないのよ！』と不満をこぼされてしまったのだ。

「みゃーお、くっつきたいのにそうできないって、どうして？」

「うにゃっ」

　ふむふむ、『力が足りないからなのよ！』ですって。ますますよく分からないわね!!

　どうも、エリオスに近寄れないことに関しては少し不貞腐《ふてくさ》れているらしく、マーズはすぐに私の足元で丸くなると、もう話は終わり！　とばかりに足に寄りかかって眠り始めてしまった。

「ルシルお姉様が猫ちゃんとお話しする姿、何度見ても不思議だわ……」

　アリーチェ様はそうぼやくと、膝の上のミシェルに向かって「にゃーん？」「みゃーん？」と何度か話しかけてみては無視されて唇を尖らせていた。はああ、私のお友達はなんて可愛いのかしら！

だけどアリーチェ様、さっき口にしていた感じを猫語に訳すととんでもなく恥ずかしい意味になってしまうから、無視されて正解だったかもしれないわよ！

そんな風に穏やかに過ごしていたのだけれど――。


ふと、部屋の隅で寝ていたマオウルドットが目を覚まし、何かを窺うようにぐっと首を伸ばして外の方に意識を向けたかと思うと、突然どこか遠くから、ドーン！　と大きな音が響いた。

（これは……！）

猫ちゃんたちも次々と私の側に集まり、震えてくっついてきたり、興奮していたり、皆尻尾を膨らませて反応している。

「きゃあ！　一体何なのっ!?」

アリーチェ様も私に抱き着き、声を上げた。

しばらくはピリピリとものすごいエネルギーを肌に感じていたけれど、やがてそれも収まり、元の穏やかな空気に戻っていく。

様子を窺っていたマオウルドットも元の昼寝の体勢に戻ると、私が思っていたのと同じことをぽつりと呟いた。

「ハア。なーんだ。光魔法の覚醒か………」

――そう、ついにエルヴィラが、どこかで覚醒したんだわ！

やっぱり、予知夢の通りに運命は進むんだわ。エリオスが不安に思っていたようだったから、私も少し気になっていたのだけれど、心配なかったわね！

　そう思い、これからどんな風にフェリクス様の呪いが解かれるのかしら？　とワクワクしていたのだけれど、マオウルドットが続いてこぼした独り言は、なんだか気になるものだった。

「あーあ。あの光魔法の女がいなくなったから、聞いてたのと話が変わったかと思ってたのに。やっぱりエリオス、いなくなっちゃうんだな～」


　……………エリオスがいなくなるって、どういうこと？


　重大発言をしておきながら、くわっと呑気にあくびをしているマオウルドットに詰め寄る。

「ねえ、マオウルドット？　エリオスがいなくなるってどういうことなの？」

「へっ？」

　すると、マオウルドットは次の瞬間には「やべ」と呟き、口をすぼめた。

「言っちゃいけないんだっけ……いや、でも、あいつ、別に内緒にしててくれとは言わなかったような……しまったな、もう大丈夫なんだと思ってたから、気が緩んじゃって、ついうっかり」

「ねえ、どういうことなの？」

　ぶつぶつと言い訳じみた独り言を言うマオウルドットにもう一度聞くと、マオウルドットはうーんと首を傾げ、まあいいか、どうせもうすぐ知るんだし、と一人で納得したように呟いた。

「詳しいことは興味なくてあんまり覚えてないから、エリオス本人に聞いてくれよ！」

そう言いながら教えてくれた内容に、私は心の底から驚くことになる。

エリオスは、相変わらずベッドから起き上がれないほど憔悴《しょうすい》して、ずっと横になっている。時々熱を出してはうなされているようだ。

その側に椅子を寄せて座り、手を握ると、エリオスはゆっくり目を開けて私を見つめた。

「ふふふ、リリーベルだ。リリーベルがこうして側にいてくれて、僕嬉しい……」

「ええ、側にいるわよ。これからも、ずっとずっとね」

いつものエリオスなら喜びそうな返事にも、幸せそうに顔を緩めるばかりで、何も言葉を返すことはない。そうよね、最近のエリオスは、ずっとそうだったわ。私がこの先の未来の話をしても、決定的な言葉を口にすることは決してなかった。ただ嬉しそうに笑うばかりで、『未来があることを肯定する』ようなことは、一度も言っていなかったのだ。

私ったら、どうして気づかなかったのかしら？

ううん、だって、まさかエリオスがいなくなるかもしれないなんてこと、思いもしないじゃないの！

「エリオス。マオウルドットに聞いたわ。あなたがいなくなるって、どういうことなの？」

聞いたのは、話のほんの導入の部分だけだったから、実際のところ何がなんだかさっぱり分かっていないのよね。

マオウルドットに少しだけ話を聞いたことを私が告げると、握っていたエリオスの手がピクリと震えた。

「そう、マオウルドット、言っちゃったんだ。まあ、あのドラゴンがリリーベルに何かを秘密にしておけるとは思えなかったから、僕も別に内緒にしてとは言わなかったんだけど。だって、僕なら大好きなリリーベルに何かを内緒にしておくなんて、苦痛でたまらないもの」

「でも、あなたはその苦痛を受け入れてでも、私に秘密にしておこうとしたのね」

エリオスはどこか困ったように微笑む。

「だって、できることならリリーベルとは、楽しい思い出だけを作ってさよならしたかったんだ」

「さよならになんてさせないわよ」

「ふふふ、僕のリリーベルはやっぱり優しくて、頼もしくて、かっこいいなあ」

そして、握った手にそっと力を込める。

「どうせマオウルドットのことだから、僕の話したことの半分も覚えていなかったでしょう？　だってあいつも、リリーベル以外に特に興味がないからね。そうだな、どこから話そうかな。やっぱり、リリーベルがいなくなった後のこと、最初から全部話すべきなのかな……」

そう言ったエリオスは、そこからぽつぽつと、私が彼の代わりに魔法陣に飛び込んだ後のことを話し始めた。

私は咄嗟にエリオスの身代わりになったけれど、あの後無事に魔法陣が発動し、悪魔が現れてしまったこと。その悪魔が、生贄としての私にすごく満足して、エリオスの願いを叶えると言い始めたこと。エリオスはその悪魔の囁きに、『リリーベルにもう一度会いたい』と願ったこと。もちろん、そこには代償が生まれたこと。

代償を払うのが自分だけではないと気づき、呪いの解き方についてひとりぼっちで研究するようになったこと。

……だから、エリオスは呪いにとっても詳しくなったのね。そしてその力と知識で、王家にまで存在を隠されながらも重用されて、やがて大賢者とまで呼ばれるほどになったのだ。

私は胸が締め付けられる思いだった。

エリオス。エリオスは、リリーベルの頃の私と初めて会った時もひとりぼっちだった。それが普通だと思っていたから平気でいただけで、本当はすごく寂しがり屋で、とっても甘えん坊だったのよね。私はそんなエリオスが可愛くて可愛くて、いつかもっと広い世界に連れ出して、たくさん楽しいことや面白いことを教えてあげたいと思っていたのよ。私が愛する飼い主たちにそうしてもらったように。

なのに、私は先にいなくなってしまって。それでもエリオスがどうにか幸せになってくれればいいなあと思っていたのに。

(エリオスは、あれからずっとひとりぼっちで、また私に会える日を待っていたのね……)

エリオスには私しかいなかったのに。急にまた一人になって、側に誰もいなくて、魔塔で自分を責めながら呪いの研究をして、きっと気が遠くなるほどの長い長い時間を……一体どんな気持ちで過ごしていたの??

（けれど、どうして今更、エリオスがいなくなるという話になるのかしら？）

私はそう思ったけれど、その疑問の答えはここからのエリオスの話にあった。

リリーベルに出会った頃の僕は、自分のことを話したがらなかったのを覚えている？

あれはさ、リリーベルといるのが楽しくて、幸せで、だからそれ以外のことは思い出したくもなくて、特にリリーベルが関係していない部分の自分のことなんて、心の底からどうでもよかったからなんだけど。

これから話すことは僕の出生も関係してくるから、今更だけど聞いてくれるかな？

リリーベルが生贄になって、そのおかげで召喚された悪魔に願いを叶えてもらう約束をして、僕は間接的にリリーベルの魔力の恩恵を受けることになったんだよね。

リリーベルは予知夢を見られたし、記憶力もよかったでしょう。だから、リリーベルと出会うよりもっともっと小さい頃の、普通なら成長とともに忘れていくはずの記憶も、僕は忘れなかった。

やがて時間が経って、その記憶がどういう意味だったのかを理解できるようになった頃、自分に起こったことや置かれた状況の全てを理解する羽目になったんだ。

ちなみに、予知夢については、すぐに見られたわけじゃないんだけどね。あれはまた特別な力だから。

僕は、とある貴族家の次男として生まれた。次男って言っても、兄は同い年だ。僕は双子だったんだから。

でもね、本当に馬鹿げたことだけれど、その家には『双子は忌むべき存在』っていう言い習わしがあってさ。というか、昔はどこもそうで、僕の家はそれが特別強く信じられていたって言うべきかな。

ほんの赤ん坊の頃に、よく耳に飛び込んできていた。

『早く、処理しなくては』

『この家が呪われてしまう』

『しかし、どう処理したものか……』

『それなら自分に伝手《つて》がある――』

もう分かったかな？　僕は、自分の家族、親だった人に、売られちゃったみたいなんだよね。

それも、秘密裏に悪魔の生贄になるような存在を集めている、公にはできないような存在のもとに。

賢いリリーベルならなんとなく察したかもしれないけれど、僕が生まれた家はなかなかの高位貴族だったらしい。そうでもなくちゃ、そんな裏に生きる組織なんかと繫がることはできないよね。

貴族なんて、大抵は汚いことに手を染めてるやつばっかりだよ。それはこの何百年もの間にすごくよく身に染みた。

とにかく、高位貴族の生まれだった僕はなかなかの魔力持ちで、とてもいい生贄になると喜ばれていたっけ。

実際に生贄として捧げられるまでに時間があったのは、ただ運がよかっただけだよ。

力のある権力者の大きな願いを叶えるタイミングで、力のある悪魔に上質な生贄を捧げられるよう、僕は『飼育』されていたんだ。

そして、リリーベルに出会った……。

その一点だけを見るなら、僕は家族だった存在に感謝しかない。だけど、僕が悪魔の生贄で、その身代わりになったせいでリリーベルがいなくなったことを考えると死ぬほど腹が立つし苦しくなるから、感情って厄介だ。

いけない。リリーベルが絡むと、すぐに余計なことまで考えちゃうな。

悪魔の願いの叶え方は悪趣味だった。僕はてっきり、すぐにリリーベルを返してくれるのかと思っていたのに。まさか僕の時を止めて、リリーベルが生まれ変わるまでの長い長い時間を待たされることになるとは思わなかったんだもの。

それでも、こうしてリリーベルには会えたんだから、悪魔には感謝の気持ちもあるんだ。こんなことを言ったら、いつも正しいリリーベルには怒られちゃうかもしれないけれど……僕の中では、悪魔に対して色んな感情がとっても複雑に取り巻いていて、ちょっと説明しづらいんだよね。

とにかくそうやって悪魔に願いを叶えてもらうことになって。代償を払うことになったってさっき言ったと思うけど、代償を払うのは僕だけじゃなかった。『僕の血』が、存在が、全て代償みたいなものだった。普通なら、命が絡む僕の願いはあまりにも大きくて、並の悪魔じゃあ叶えられなかったみたいなんだけど、そこはリリーベルの生贄としての質の良さと、願いの代償が、僕をとりまく広い範囲で支払われることで実現されたんだ。

分かりにくいかな？　ごめんね、こんなことを誰かに説明するのは初めてだから……僕が理解できたのは、自分自身が代償なせいで、肌で、血で、その事実をなんとなく感じることができたからさ。

分かりやすく言うと、代償を払うのは、僕と、僕の血族だった。

僕はすぐに孤児になり、名前も与えられなかったけれど、本来の姓は『レーウェンフック』。フェリクスは、僕の双子の兄のずっとずっと後の子孫ってことになるね……。

だから、このレーウェンフックの地とフェリクスが呪われているのは、僕と、僕の家族だった人たちのせいなんだよ――。

長い時間を経て、僕の願いは叶えられた。悪魔が僕の時を止めるために使った大きな力は、僕自身に呪いと共に返される。僕は最初から、願いを叶えてもらった後に、悪魔に取り込まれて死ぬことが決まっていたんだ。

けれど、そのままそれを受け入れていては、同じく代償を払い続けているレーウェンフック……

フェリクスだって、ただでは済まない。

そこで、エルヴィラ・ララーシュの出番だよ。彼女が光魔法を覚醒させて、呪いの全てを悪魔ごと力尽くで消し飛ばせば、僕が悪魔と共に消えるだけで済む。それも、僕が生きている間じゃないとダメだよ。僕が死ねば、僕の分も悪魔は強くなっちゃうからね。今は僕の願いを叶えるために、ちょっとばかり悪魔が弱っているから、ギリギリ人間のエルヴィラの力でなんとかなるってところかな。

つまりエルヴィラがいないと、きっと被害は僕とフェリクス、レーウェンフックの地だけじゃ済まなくなる。なんたって、相手はリリーベルを喰らった悪魔なんだから、すごく力が強いのは想像できるでしょう。

せっかく生まれ変わったリリーベルを、僕はもう巻き込みたくない。

エルヴィラが呪いを消しさえしてくれれば、フェリクスとレーウェンフックの地は呪いから解放されて、ハッピーエンドだ。

ええ？　ハッピーエンドでしょう？　だって、僕や僕の家族だった人たちは自業自得だけれど、フェリクスはとんだとばっちりだもの。

フェリクスのことが嫌いだったのは、ただの僕の八つ当たり。だって、フェリクスはこれからもリリーベルの側にいられるんだ。僕にはないリリーベルとの未来が、あいつにはあるんだもの。僕のせいで呪われたフェリクスのことをそんな風に思うなんて、自分がすごく嫌なやつだって分かっているよ。

でも、感情って、頭で分かっていたってどうにもできないでしょう？

今まで黙っていてごめんね。どうせ死んじゃうなら、わざわざ本当のことを話してリリーベルに怒られるのも嫌だったし、少しでも楽しい思い出だけもらって、幸せなまま、消えてしまいたかったから——。

ああ、こんなに長い時間たくさんの子孫にあたる人間を苦しめてしまった。

だけど、もうすぐさよならだから。だから。

ひどく悪い行いをしてしまった僕のことを、どうか許さないで、大好きなリリーベル。


エリオスの話を聞いて、私には一つ気になったことがあった。

「どうしてマオウルドットにはその話をしたの？」

「……未来が予知夢より随分変わってしまったみたいだったから。万が一、エルヴィラの覚醒よりも僕が死ぬ方が先だったら大変でしょう？　だから、もしもの時には少し時間を稼げるように、マオウルドットの魔力を分けてもらったんだ」

「なるほど……」

確かにギリギリの時にドラゴンであるマオウルドットの魔力があれば、最低限死ぬことはないかもしれないわね。ただ生きているだけっていう、ひどく苦痛の伴う状況にはなってしまうでしょうけれど。

「エリオスがフェリクス様の呪いを自分には解けないって言ったのは、呪いの中心に自分がいたからなのね」

私の言葉に、エリオスは困ったように微笑む。だけど、そんな曖昧な態度で私を煙に巻こうなんてそうはいかないわよと、私は続ける。

「マオウルドットに、もしもの時には私の記憶を消すように言ったのはどうして」

「……あいつ、そこまで話したんだ。さすがドラゴンだよね、少しも空気を読む気がないじゃないか」

「答えなさい、エリオス」

そう。エリオスは、状況次第では私の中からエリオスの記憶を消すようにマオウルドットに頼んでいたのだ。本当に信じられないわ！　そもそもそんなことができるのも驚きだけれど、どうやらマオウルドットの封印を修正する時に手心を加えて、エリオスがこれまで解いた呪いを溜めておいた呪具《じゅぐ》を一度だけ使えるような形に変換して分け与えていたらしい。とんでもない力よね……。どれほど呪いの研究をしていれば、そんなことができるようになるのか。ますますエリオスの過ごしてきた時間の長さを感じて切なくなる。

少しふざけたようにマオウルドットを責めてみせたエリオスは、私が詰め寄ると観念したように大きくため息をついた。

「もしも、万が一、僕がいなくなった後でリリーベルが責任を感じるようなことがあれば、耐えられないと思ったんだ。……ふふふ。リリーベルが永遠に僕のことを考え続けるのも悪くないなって、少し迷ったんだけどね」

全てを聞いて、ふつふつと怒りが湧いてくる。エリオスは、自分のしたことを知ったら私が怒るんじゃないかって怖がっていたみたいだけれど、そうね、その通りだわ。

「本当に、大変なことをしてくれたわね、エリオス」

「……ごめんなさい、リリーベル。僕のせいで、たくさんの人が苦しんで――」

「そうじゃないわよ！　もう！　エリオスったら、私のことを分かっているように見せかけて、全然分かっていないじゃないの！」

「え……？」

私は別に、特別善人ではないし、もちろん聖人君子でもない。正直な気持ちを言うならば、会ったことも見たこともないフェリクス様の代々呪われていたご先祖様なんて全然興味もないし、それよりも目の前のエリオスの方が大事に決まっているじゃない！

「エリオスがこれほど苦しんでいるのに、どうして関係ない人の気持ちを慮ってあなたに怒ると思うのよ！　私が怒っているのは、あなたがこんなに大事な話を私に黙っていようとしたことについてよ！」

「――っ！」

だってそうでしょう？　マオウルドットが口を滑らせなければ、私は何も知らないまま、エリオスが死んじゃっていたかもしれないなんて！　おまけにエリオス自体を忘れさせられるかもしれなかったなんて、そんなの許せるわけないでしょうが！

何よりも、エリオスがこんな運命を受け入れて、すっかり諦めてしまっていることに腹が立つ。

「だけどね、私はこんなに弱った病人に怒るほど人でなしでもないから、お説教は後にするわ。全部解決した後に、ゆっくり怒ってあげるから、覚悟しておくことね！」

私は立ち上がると、びしりと人差し指をエリオスに突きつけて宣言する。

「リリーベル……それは……無理だよ」

ついでにエリオスの弱気も、鼻で笑ってやった。

「フン！　私が絶対にエリオスを死なせないわ！　ほら、何をそんなに沈んだ顔をしているの？　今まで私が、エリオスに嘘をついたことがあった？」

「……ううん」

くしゃりと顔を歪め、目に涙をいっぱいに溜めたエリオスの体をゆっくりと抱き起こす。全部話したことで少しスッキリしたのか、それとも……最期の時が近づいているから残りの力が寄り集まっているのか、多少元気が出てきたみたいで、エリオスは自分の力で立ち上がることができた。

もちろん、最期になんてさせないけれど。

「さあ、それじゃあ、行くわよ！　辛いかもしれないけれど、無理してでも頑張ってもらうわ！」

「行くって、どこに？」

ふふん！　私も伊達に予知夢を見てきていないし、そうおバカじゃないからね！

「予知夢のエルヴィラは覚醒の勢いで呪いを全部吹き飛ばしたけれど、覚醒のきっかけが弱かったみたいで、まだそうはなっていないわよね」

エリオスがまだ生きているのがその証拠だわ。一瞬で呪いを吹き飛ばすほどの覚醒を促した、予知夢の私の闇魔法の暴走がどれほど強かったかが分かるって感じね。うふふ、さすが私！

「だけどきっと、そのタイミングはあまり大きくずれることもないでしょうから、私の勘が正しければそろそろ悪魔のお出ましよ！」

私の中には、強い決意が宿っていた。

(――エリオスの命がかかっている以上、エルヴィラに呪いを消し飛ばさせるわけにはいかない)

今までとは真逆の方針になってしまうけれど、仕方ないわよね！

「エリオス、エルヴィラのいる場所が分かる？」

「……多分。今の僕は、とても悪魔との繋がりが深いから、すごく嫌な感じがする方にエルヴィラがいると思う」

「そう。それじゃあまずはエルヴィラのところへ行って、呪いには手を出さないでほしいってお願いしなくちゃいけないわよね！」

エリオスを連れて一緒に馬に乗り、レーウェンフックの離れを飛び出しながら、私は気合いを入れる。エリオスはどんどん力が湧いてきているようで自分の足で走るのも苦ではないみたいだけれど、それが少しでも生きる気力が湧いたからなのか、繋がりが深くなっている悪魔の近くまで来ているからなのかはちょっと分からないけれど。

それにしてもフェリクス様にお願いして馬に乗る練習をしておいてよかったわ！

いつも私を乗せてくれるこの子も、悪魔の気配に怯えてしまうかと思ったけれど、なんだかやる気に満ちていて頼もしい限りだわ。

「リリーベル、エルヴィラが呪いを解くのを止めて、どうするつもりなの？　やっぱり、運命通りにエルヴィラに力を使わせて、僕だけが悪魔と一緒に消える方が――」

「それ以上言ったら許さないわよ」

「…………」

「ふふん！　私に考えがあるのよ、任せておきなさい！」

全く、エリオスはすぐに弱気になるんだから！　自分が犠牲に、なんて次に口にしたら何かお仕置きしてやらなくちゃいけないわね？

そんなことを考えながら、馬を走らせていると。

「にゃあ！」

「にゃおーん！」

「みゃあん？」

「みゃあ!?　あなたたち、いつの間についてきちゃったの？」

どこからかジャック、マーズ、ミシェルがひょっこりと顔を出してきた！　ええっ？　本当にどこにもぐりこんでいたのかしら？　全然気がつかなかったんだけど!?

……でも、そっか。

「うふふ！　あなたたちもエリオスが心配なのね！」

「え……」

私の言葉にエリオスは少し戸惑って見せたけれど、自由な猫ちゃんたちは『そうよそうよ！』とでも言わんばかりににゃあにゃあと鳴いている。

ふと、マーズが、エリオスのことが好きでもっとくっつきたいのにそうできないと不満をこぼしていたことを思い出す。

（あれって、今考えれば呪いの中心にエリオスがいたからだったのね）

猫は人間よりも感覚が鋭い。きっと、呪いのことがはっきりと分かっていない子だとしても、肌に感じるその気配のせいで、エリオスの側に近寄ることができなかったのだろう。

ついでにアリーチェ様が言っていたフェリクス様の話も頭をよぎった。

『フェリクスはね、ああ見えて小動物が好きなのよ！』

『でも怖がられて逃げられるから全然触れないの』

……あら？　あれもひょっとして、フェリクス様が怖がられていたわけじゃなくて、猫ちゃんたちはフェリクス様の呪いのせいで近くにいられなかっただけじゃあないのかしら？

（もしそうなら、呪いが解けたらフェリクス様も猫ちゃんたちと遊べるんじゃない？）

脳内で、心ゆくまで猫ちゃんに触り嬉しそうに頰を染めるフェリクス様や、猫ちゃんたちに埋もれ幸せのあまり天に召されそうになっているフェリクス様を想像してしまう。

（待って？　そんなフェリクス様、とっても、か、可愛いのではないかしら……!?）

だって体が大きくてお顔が怖そうで怯えられているようなフェリクス様が猫ちゃんにデレデレになるのよ？　うーん、想像だけでとっても素敵！

ばっちり実現させてあげるためにも、頑張らなくちゃいけないわよね！

「にゃーん！」

「うにゃ！　うふふ、そうよね！　この子たち、みんなエリオスとたくさん遊びたいみたいだから、呪いが解けたらきっとしばらくは離してもらえないわよ！」

私が笑ってエリオスにそう言うと、彼は眩しいものを見るような、苦しいのを我慢するような、そんななんとも言えない表情でじいっとジャックたち三匹を見つめていた。

🐾

馬でしばらく走った場所に、エルヴィラはいた。

周囲には見慣れない騎士様たちと、そしてその場に伏して動かない大型の魔物の姿。……見たこともない魔物だわ。もう息をしていないように見えるのに、その体からまだなんとも言えない禍々しい魔力が湧き出て漂っている。うーん。どうやらこの魔物がエルヴィラの覚醒を促したみたいね。

そして、正直少しほっとした。相手がこの程度だったから、覚醒のタイミングで勢いあまってそのまま呪いを吹き飛ばす、なんてことがなかったんだものね。エルヴィラにはちょっと申し訳ないけど。

　私は呪いのことが頭にあるばかりに『この程度』と表現してしまったとはいえ、それでも光魔法の覚醒を促すほどの特別な個体で、それを討伐することに成功した騎士たちも気持ちが昂り、良い熱気にあふれている。

　少し離れた場所に立つ私に気がつき振り向いたエルヴィラの目は、覚醒したばかりでギラギラとエネルギーに満ちていた。

「まあ、ルシル様っ!?　どうしてここに？　いえ、それよりも聞いてください！」

　エルヴィラは騎士たちから離れ私に近づくと、興奮気味にニコニコとはしゃぐ。

「私、光魔法は随分上達したと思っていたんですけど、勘違いでした。なんと、先ほど覚醒したんです!!　体中に力が漲《みなぎ》っていて……私の中の光魔法が、教えてくれるんです。これで、これで、フェリクス様とレーウェンフックの呪いを、解くことができるって！」

　あああ、ごめんなさいエルヴィラ！　絶対にそれをしてもらうわけにはいかないのよね……!!

　思わず後方で馬上に残ったままのエリオスをちらりと見ると、心配そうに私の方を見つめていた。

　少し距離があるとはいえ、きっと今のエルヴィラの声はギリギリ聞こえているわよね。私はエリオスを不安にさせたくなくて、大丈夫よ！　という気持ちを込めて頷いてみせた。

　こういうのは引き延ばせば引き延ばすほど言いにくくなるだけなんだから、もうサクッと伝えてしまおう。えいっ！

「エルヴィラ様、ごめんなさい。本当に本当に申し訳ないのですが、エルヴィラ様にフェリクス様の呪いを解いてもらうわけにはいかないんです！」

「えっ？」

キラキラとはしゃいでいた笑顔のまま、エルヴィラが固まった。

それはそうよね。エルヴィラは光魔法の覚醒者として、全くの善意から当然のことをしようとしているのに、まさかそれをやめてほしいと言われるとは思いもしなかったはずだもの。

これは説明をしなくては！　と思うものの、一から十まで丁寧に話している時間はないので、私はできる限り端的に伝えようとする。

「ええっと、実はフェリクス様の呪いはあまりに強いので、その呪いをエルヴィラ様の力で解こうとすると、呪いに反応したエルヴィラ様の力が強くなりすぎて、呪いを解くというよりも、呪いそのものを力尽くで消し飛ばす感じになっちゃうんです！」

「……なんでそんなこと分かるんですか？　というか、消し飛ばしたっていいじゃないですか？」

ああっ！　エルヴィラの立場ではそう思うのも当然よね！

そもそも、私の考えている方法を実行するために、エルヴィラの力も借りたいと思っていたのだ。そのためには核心に迫る情報も伝えておかなくてはいけない。一瞬どう伝えるか迷ったものの、迷うだけ時間が過ぎていくわよねと気を取り直した。

「実は、フェリクス様の呪いにはエリオスが深く関わっていまして……。呪いを消し飛ばしてしまうと、もれなくエリオスも消し飛んでしまうことが分かったのです！」

「待って待って、ルシル様、何を言っているんですかっ!?」

しまった！　エルヴィラは大パニックだわ！

私は慌てて言葉を続ける。しかし、私といえどもやっぱり焦っているのか、説明しようと思えば思うほど上手い言い方が分からなくなってしまう。ううう！

「とにかく、エルヴィラ様が強い力で呪いを消し飛ばすとエリオスも危険に晒されてしまうので、呪いについては私に任せてほしいんです!!」

「……ルシル様。あまりよく分からないんですけれど、その話が本当だとして、一体何がいけないんですか？」

「えっ！」

予想もしていなかったエルヴィラの言葉に、思わず言葉に詰まってしまった。そんな私の反応をどう思ったのか、エルヴィラは顔を険しくして、不審そうな目で私をじっと見つめる。

「ルシル様の話が本当だとすると、エリオス様がフェリクス様の呪いに関わっているということですよね？　それなら、エリオス様が呪い返しとして危険な目にあっても、仕方のないことではありませんか！」

「そ、そういう考え方もあるわね」

「それなのに、呪いをかけた側のエリオス様を助けるために、何の罪もない、ずっとずっと呪いに苦しんできたフェリクス様に、まだ苦しめって言うんですか!?　そんなのってないです！」

「……そういう考え方も、あるわね」

エルヴィラの言っていることは間違ってはいない。経緯がどうあれ、呪いをかけたのはエリオスということになるし、呪いを力尽くで消し飛ばすとエリオスの命が危なくなるのも、一種の呪い返しのようなものだもの。現状呪いとエリオスはセットのような状態で、自業自得と言ってしまえばそれまでのこと。

私は気がついた。エルヴィラは、私が思っていたよりもずっとずっと『正しい』考え方をする人なんだわ。

「……もちろん、フェリクス様の呪いはどうにかするつもりよ。ずっとそのまま呪いで苦しめばいいだなんて思っていないわ」

「最近、魔物の出現が増えているのはルシル様も知っていますよね？　私、覚醒して分かったんですけど、どうやら呪いは日に日に強くなっているみたいです。つまり、フェリクス様の感じる苦痛も刻一刻と強くなっているってことなんです。どうしてここにきて急にそんなことが起こっているのかは分かりませんけど」

私はその理由を知っている。エリオスの願いが叶えられたからだ。

「だからこそ、一秒でも早くフェリクス様の呪いを解いてあげたいんです！　そうする力をやっと手に入れたのに、どうしてルシル様は……ルシル様は、フェリクス様のことをもっと考えてあげられないんですか!?」

エルヴィラは、話しながらどんどん興奮してヒートアップしていく。

「勝手なことを言っているのは分かっているわ。わがままなのも分かってるけど、私はどうしてもエリオスのことも救いたいの！」

「だけど、そもそもエリオス様って呪いに精通した大賢者様なんですよね!? ルシル様に助けることができるなら、ご自分でどうにかできる気がしますけど！」

「確かに、エリオスなら本気を出せばどうにかできるかもしれないわね」

実際、エリオスが諦めていなければ、罪の意識を持っていてその罰を受けることを受け入れていなければ、本気で何をどうしても生きたいのだと思っていれば、エリオスが自分自身でどうにかすることだって本当はできたのではないかと私だって思っている。

けれどエリオスはできなかった。

「ルシル様もそう思っているのなら、早く呪いを……」

「だけど、心は自分じゃ救えない」

私は、エリオスの命だけを助けたいわけじゃあないのだ。

私の言葉に、エルヴィラが口をつぐむ。

「ルシル？　一体ここで何を……」

後ろから突然そう声をかけられて振り向くと、エリオスの側に並んで、いつの間にか馬に乗ったフェリクス様が到着していた。その向こうには同じく馬に乗ったカイン様もいて、おそらく彼らもエルヴィラの覚醒に気づいてやってきたのだろう。

だけど、今はそれよりもエルヴィラとの大事な話の途中なのだ。私はフェリクス様たちをそのままに、もう一度エルヴィラに向き直る。

エルヴィラは「えっ、フェリクス様のことはスルーなの？」と戸惑っているけれど、気にしない

気にしない。

「エルヴィラ様の言っていることは正しいと思います。だけど、私はそれでも私のやりたいことを貫きたい」

「……それが、フェリクス様を苦しめるとしてもですか」

視界の端で、自分の名前が出されたフェリクス様が肩を揺らすのが見えたけれど、私はエルヴィラから目を逸らさずに答えた。

「はい！　フェリクス様には大変申し訳ありませんが、やっぱり私の中にはエリオスを見捨てる選択肢はないので、フェリクス様にはもう少し我慢してもらいたいです！　ちなみに、たとえエリオスが自分のことは自分で守れたとしても、その気持ちは変わりません」

エルヴィラは固い表情のまま、じっと私を見つめる。

「どうしてそこまで、エリオス様のために心を砕くのですか？　ルシル様とエリオス様には一体どんな関係があるんですか？　…………婚約者であるフェリクス様の気持ちを、最優先で考えてあげればいいのに」

うーん、エルヴィラがそう思うのも当然だわ。彼女にとってエリオスはなんとびっくり子供の姿をしてはいるものの、噂ではよく語られる偉大な大賢者様でしかないわけで。一見なんの関係もなさそうな私がエリオスにこだわる理由が気になるのも無理はないわよね。最後の方は声が小さくてよく聞こえなかったけれど、少なくとも最初の質問には答える義務があると感じられた。

それに、ずっと思っていたけれど、実際のところ、最初から隠す理由なんて全くないのよね！

ただちょっといつ言えばいいのかよく分からなくなってタイミングを逃していただけで。

ということで、私は今まで言っていなかった事実をバチッと打ち明けることにした。ちょうどフェリクス様やカイン様もいるし、タイミングがよかったわね！

「実は私、前世は世界一可愛がられたと言っても過言ではないほど愛された猫でして！　色々あって何百年も生きていたんですけど、エリオスはその最後の飼い主だったんですよ。でもエリオスってこの通り子供だから、飼い主といえどまるで姉のような気持ちで。うふふ！　だから私は姉として、エリオスが死ぬのを黙って受け入れるわけにはいかないんです！」

一気に捲《まく》し立てると、エルヴィラはかっと目を見開いて悲鳴のような声を上げた。

「待って！　情報量がすごくて理解できない！」

「そうですか？　ご要望であれば後でゆっくりお話ししますよ！　今はとにかく、やることがありますからね！」

「ちょっと、ええっ!?　あの、色々気になるけど、今ルシル様、エリオス様が死ぬって言いました!?」

「えっと、さっきからそう言ってませんでしたっけ？」

「聞いてませんよ！　消し飛んでしまうとは言っていた気がしますけどあんなにサラッと言われて、危険に晒されるっていうのが命の危険だなんて思わないじゃないですか！」

エルヴィラは声を裏返して叫んでいる。

あらっ、ひょっとするとこれは私が悪かったのかもしれないわね。てっきりエリオスの死の危険のことをハッキリ伝えたつもりになっていたわ！

……だって、もうずっとずっと前から、悪魔と関わることは常に死と隣り合わせの危険を孕むことが、当然だったから。

「危険っていうのが死ぬことだって知っていたら、私だって仕方ないとか言いませんよ……！　う、私はもっと正しい人間のはずなのに、なんだかとんでもなく邪悪になってしまった気分」

「ええっと、エルヴィラ様は全く邪悪ではないので、大丈夫ですよ！」

なんたって、もうすぐ聖女と呼ばれるようになる人ですからね！

項垂《うなだ》れるエルヴィラを励ましていると、エリオスの呆れた声が聞こえた。

「全く……リリーベルは昔から、興奮すると何を言いたいのか全く伝わらなくなるところがあるよね」

その言葉を拾ったフェリクス様が、呆然とした顔をしている。隣のカイン様も同じような顔をしていて、うっかり感心してしまった。主従ってやっぱり似てくるのねえ。一緒にいる時間が長いからかしら？　犬や猫も、飼い主に似るというものね。もっとも、私が歴代の愛する飼い主たちに似ているかと言われれば、ちょっと首を傾げてしまうけれど。

だって、みんなちょっと変わっていたんだもの！

「リリーベル……ルシルの、前世の名前なのか……？　まさか今の話は、本当に……」

フェリクス様がそうぽつりと呟いたのを聞いて、エルヴィラ以外にもきちんと前世の話が聞こえていたことが分かったので、私はすかさずお願いすることにした。

「ということでフェリクス様！　大変心苦しいですが、お手伝いしていただけますか？　多分、とっても痛くて大変で苦しいと思うのですが……」

言いながら、我ながらなんて非道なことを口にしているのかしらと思えてきて、思わず声がどんどん小さくなる。私の方こそとっても邪悪になった気分だわ！

さすがに痛くて大変で苦しいなんて言われれば、難色を示されるかもしれない。そうではなくとも、もっと詳しく、きちんと説明しろと言われるかもしれない。

そう思ったけれど、フェリクス様は一瞬も迷うことなく頷いてくれた。

「分かった。俺はどうすればいいんだ？」

あまりにもあっさりと承諾されて、聞いておきながら私は驚いてしまう。

「えっと、本当にいいんですか？」

「ああ。ルシル、あなたがしたいと思うことを俺は尊重したい。たとえそれが俺に不利益をもたらすものだとしても、俺はあなたの心を信じているから」

まあ、なんてことでしょう！　フェリクス様が寄せてくれているのは、私への最大の信頼だわ。

私は不覚にもちょっと感動してしまった。

予知夢の私は嘆いていた。バーナード殿下にも、フェリクス様にも最後まで見てもらえず、蔑《ないがし》ろにされた可哀想な自分のことを。

だけど今、目の前にいるフェリクス様は私を真っ直ぐに見つめて、私の心を信じていると言ってくれるのだ。

「ただ、正直状況は全く飲み込めていないから、できれば後で説明してくれ」

「うふふ！　もちろんです！」

私は本当に幸せだわ！　だから絶対、エリオスにも未来の幸せを味わわせてやらないといけないわよね！


待って、待って待って待って。

俺――カイン・パーセルは一人で混乱していた。

いやいや、ルシルちゃんの前世が世界一可愛がられた猫⁇

まさかそんなこと信じられるわけが――いや、どうしよう、妙にしっくりきちゃうんだけど……。

俺の中の、普通の感性を持つミニチュア俺が『いやいや、そんな馬鹿なことあるわけないだろ？

前世の記憶がある上に、それが猫だなんて！』と脳内で語りかけている。当然だ。俺もそう思う。

そう思うのに、だから猫にあんなに好かれていたのか！　とか、だから猫と話せてたのか！　とか、どうしても納得する気持ちが湧き上がってくる。

いやいや、百歩譲ってルシルちゃんには前世の記憶がバッチリあって、それが猫だったとしよう。

……おかしなことを言っていたよな？　『何百年も生きていた』だって？　それ、色々あってで片付けられるようなレベルの発言じゃないんだけど……。何百年も生きる猫ってなんだよ……え？

猫ってそんなに長生きだっけ？　いや、長生きってレベルじゃないから!!

それに、大賢者エリオス殿がその最後の飼い主だったって？　前世のルシルちゃんが何年前に亡くなったのかは分からないけど、少なくともルシルちゃんが生まれるより前のわけだろ？　当然だよな。

でも、そうなると大賢者殿は、前世のルシルちゃんが亡くなった当時の彼の年齢に今のルシルちゃんの年齢を足した年でなくてはおかしいだろ。

なのに、大賢者殿は、どう見ても幼い子供なんだけど!?

いや違う、大賢者とまで言われる人があんな小さな子供である時点でありえないんだよ。ありえないことばかりだ。

呪いに関してもそう。ルシルちゃんが言ってる内容はすんなり受け入れるには理解し難いことばかりだ。

大賢者殿がフェリクスの呪いに関わってるってなんだよ？　エルヴィラ嬢が呪いを消し飛ばすと大賢者殿も命が危ないってどういうことだ？

ああ、もう、今すぐ頭を抱えてしまいたい！

……それなのに、フェリクスはなんの疑問も感じていないみたいだ。

話を聞いて驚いて、一瞬呆然としていたけど、混乱している様子も取り乱す様子もない。

「な、なあ、フェリクスお前、ルシルちゃんの話、全部まるっと信じたわけ？　あんな荒唐無稽な話を？　信じるにしても色々聞きたくならないわけ？」

ルシルちゃんがまずエルヴィラ嬢とこれからしたいことを話している隙に、俺はこっそりとフェリクスに問う。

俺は何も、ルシルちゃんを疑えって言っているわけじゃない。ルシルちゃんが嘘をつくような子じゃないことも知ってる。だから、きっと全部本当なんだと思う。矛盾している思考だけどな。けど、それはそれとして信じられないだろ？

多分俺はフェリクスにそう問いかけることで、この混乱を少しでも収めたかったんだと思う。

だけど、フェリクスは不思議そうな顔で首を傾げた。

「ルシルが言うんだ。おそらく本当だろう。ルシルは嘘をつかない。さっきもルシルに言ったが、後で説明してほしいとは思っているが、今は時間がなさそうだから、すぐに聞きたいとは思わないだけだ」

うわあああ、すっごい真っ直ぐな目で言うじゃん！

ここまでなんの曇りもない目で『何を当然のことを？』なんて声が聞こえてくるほど不思議そうに見つめられると、俺の方が疑り深い嫌な人間みたいに感じてくるけど、違うからな！　多分俺の反応が普通だからな！　いくら信じている相手でも、ここまでぶっ飛んだ話だとさすがに秒で受け入れるなんてちょっと難しいもんだからな！

……だけど、心でそう叫んでいる反面、俺は少し泣きそうにもなっていた。

ああ、フェリクスにとってはきっと、これが嘘か本当かはどうでもいいっていうのが正解なんだろうなって、気づいたから。

フェリクスは、ルシルちゃんの話が『嘘なはずがない』から、疑問を持たないわけじゃない。

『ルシルちゃんの話だから』疑問を持たないいんだ。

内容なんてどうでもよくて、そもそも『信じる』しか選択肢がないいんだ。

……あんなに人を遠ざけて、壁を作り続けていたフェリクスが、これほど真っ直ぐに人を信じるようになるなんて。

俺が言葉に詰まっていると、フェリクスは俺が納得できないでいるとでも思ったのか、言葉を続けた。

「それに、もしも何もかも嘘だったとしても、ルシルのことだからきっとそうすべき理由があるということだろう。だから、何も不安に思うことはないぞ」

……ははっ、なんだよそれ、なんで俺が不安に思ってると思って励ましてるんだよ。俺はお前の心配をしてるんだよ！

だけどそうだな。心配なんていらないみたいだ。俺が野暮だった。

あのフェリクスがここまで信用してるんだ。どう転んだって悪いことにはならないだろ。だって俺が心配するのはいつだって、見かけによらず繊細で、とんでもなく不器用で、実はめちゃくちゃ頼りない目の前のこの主、フェリクスのことだけなんだからさ。

フェリクスが大丈夫なら、大丈夫だ。

「――ではフェリクス様、話を聞いてもらってもいいですか!?」

「ルシル、ララーシュ嬢との話はもう終わったのか？」

「はい！　ひとまずは」

エルヴィラ嬢との話が終わったらしいルシルちゃんが笑顔でフェリクスに駆け寄ってくる。

そういえばフェリクス、何度エルヴィラ嬢に名前で呼んでほしいって言われたって、ずっとララーシュ嬢って呼んでるな。この無自覚め、ルシルちゃんのことは、彼女に対する誤解が解けてすぐに名前で呼び出したくせにな。

はいはい、分かったよ。俺は大人しく、結局お前にとってルシルちゃんはかなり最初の方から特別なんだろ。

……それにしても。

「ル、ルシルちゃん！　ちょっと待って、俺は!?　俺は何をすればいい!?」

ぐいぐいとフェリクスを引っ張って行こうとするルシルちゃんを慌てて呼び止める。まさか、俺だけ役立たずだなんて言わないよな!?

すると、彼女は神妙な面持ちで振り返った。

ええっと、とはいえあんまり重要な役目を任されても困るんだけど――。

「カイン様には、とてもとても大切な任務をお願いしたいのです」

「な、なんだろう」

思わずごくりと喉が鳴る。

「カイン様には、この子たちを離さずに、全てが終わるまで一緒にいてほしいんです！」

――そう言ってルシルちゃんが指し示した方には、いつもルシルちゃんにべったりな三匹の猫がいた。

「ええっと」

「すみません！　カイン様にこんなに重要な任務をお願いすることになって……！　でも、この子たちはフェリクス様やエリオスには近寄れないし、エルヴィラはフェリクス様の側にいてもらわないといけないし、カイン様にしかお願いできないんです！」

「……わあ、そんな重要な任務、任せてもらえて嬉しいよ。任せて……」

「ああ、ありがとうございます！」

ルシルちゃんは心の底から安堵したように微笑んで喜んでいる。

そうだよな！　猫ちゃん大事！　可愛いしな！

「にゃーお！　じゃあジャック、マーズ、ミシェル！　カイン様から離れないでね！」

「みゃあ！」

「うなあ～ん」

「しゃー！」

猫たちは心得た！　とばかりにすごい勢いで俺の足によじ登ってくる。ねえ、一匹威嚇してない？

くそっ、それにしても本当に可愛いな……。

俺はそんな三匹を抱き上げながら、これから何が起こるのか、大人しく見守ろうと覚悟した。

さあ、ルシルちゃん。今度は一体、どんなおとぎ話を見せてくれるんだろうか？

7章

大好きな人たちを全力で頼ります！

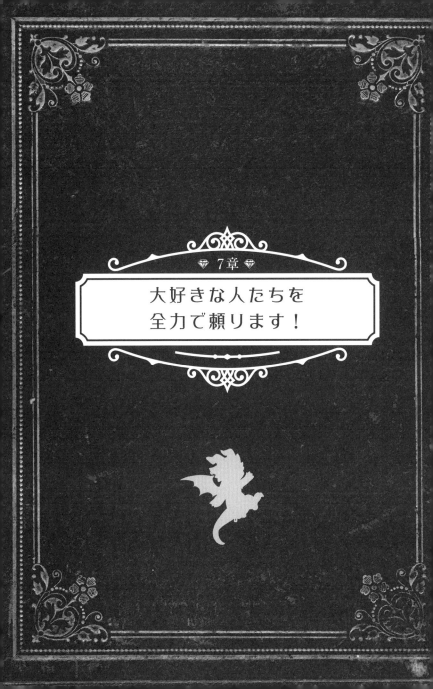

エルヴィラとフェリクス様に私の考えを話して、ジャック、マーズ、ミシェルをカイン様に託すと、私の準備は整った。

ちょうどいい頃合いのようね！　だって、肌にピリピリと言いようのない空気を感じるもの。すごく強くて、痛いほど澱《よど》んだ魔力。ルシルとして生まれ変わってからは初めてのことだけれど、私はこの魔力にとても覚えがある。だって、リリーベルの頃の私は、何度か悪魔に遭遇したことがあるから。

あの頃は知らなかったとはいえ、私の飼い主たちはどうやら『運命の英雄』と呼ばれる特別な存在だったみたいだから、きっとそういう機会が多かったのよね。正義は悪と対峙するものでしょう？　うふふ！

それに、前世の最後は、この痛い魔力に飲み込まれたところで終わっているんだもの。忘れるわけがないわよね。

私たちは、マオウルドットが封印されていたあの森に移動した。きっと悪魔はレーウェンフックに現れるけれど、少しでも町の人や、屋敷にいるサラや他の使用人、猫ちゃんたちを危険に晒したくなくて、ここを選んだのだ。

エリオスとカイン様は少し離れたところに待機してもらっている。感じる魔力が大きくなるにつれて、エリオスはどんどん辛そうになり、ついにはその場に座り込んでしまった。本当は今すぐ駆け寄って支えてあげたいけれど、少しだけ我慢してね、エリオス！

心の中でそう思いながら、私はその時を待ちつつ、ついでに闇魔法を使ってレーウェンフックの離れの方へ念話を送る。

私が念話を送った相手、マオウルドットからはすぐに反応があった。

『はっ!? ちょっと寝てる間にルシルいないじゃないか! おい、オレのことを忘れてどこに行ったんだよ!?』

どうやらずっと昼寝していたらしく、この念話で私がいないことに気がついたらしい。このねぼすけさんめ! まあ、マオウルドットもドラゴンで言うとまだまだ赤ちゃんみたいなものだしね。たくさん寝てたくさん食べて大きくならなくちゃいけないわよね!

ちなみに、私が直接そういったことをマオウルドットに言うと、『このオレを子供扱いするな! オレは強くて立派な大人のオスだ!!』とびっくりするほどへそを曲げるものだから、賢い私は心の中で思うにとどめている。

『ごめんね! だけど、何も忘れていたわけじゃあないのよ! ちょっと今から色々騒がしくなるから、もしもの時はマオウルドットにレーウェンフックの屋敷の皆を守ってほしくって!』

『は〜? オレ、ルシルがいないんじゃあここにあんまり用はないんだけど……』

明らかに不満そうなマオウルドットに、私は誠心誠意お願いをする。

『お願い! マオウルドット! 偉大で誇り高きドラゴンであるあなたにしか頼めないの!』

『ふ、ふうん? まっ、そこまで言うならちょっとくらいやってやってもいいけどお? ただし、帰ってきたら猫どもよりオレを優先していっぱい遊べよな!!』

『ありがとう! さすがマオウルドット! 大好きよ!』

『へっ!? へへ！ えへへ、えへへへ！ 仕方ないな、ルシルはリリーベルの時から、本当にオレがいないとダメなんだからな～！ ち、ちなみにオレもだいす』

そういえば、最近はお互いがそれぞれいつも猫ちゃんたちに囲まれていて、あまり遊べていないものね。

このことが無事に終わって落ち着いたら、久しぶりに毒キノコと別の毒キノコを掛け合わせて毒ナシの美味しいキノコを作ったり、どっちがこの季節にあまり見ない珍しい虫を見つけられるか勝負したりして遊んであげようと思いながら、そろそろ気合いを入れようと念話を強制終了させた。

私を中心に、少し離れてフェリクス様と、その側にエルヴィラが寄り添い、もっと離れてちょっとやそっとじゃあ被害に巻きまれないような位置に、エルヴィラが乗ってきたギガゴンゴルドンや私たちの愛馬、エリオス、カイン様と猫ちゃんたちが控えている。

大きな力が近づくのを感じるにつれ、フェリクス様の周りに黒い魔力がピシピシと薄く渦巻き始めた。

「くっ……」

「フェリクス様っ……！」

フェリクス様が小さく呻く声と、そんな彼の身を案ずるエルヴィラの悲鳴じみた声が聞こえるけれど、今の私は振り返らない。

だって、今はまだ何もない空の向こうから目が離せないのだ。なぜなら、悪魔がすぐ側まで来ているのが分かるから。

「さあ、来るなら来なさい！　このルシルがやっつけてやるわー!!」

私が叫んでみせると、見つめていた空間がゆらゆらと揺れ、そのうち歪み始めた。

その空間が裂けるように開き、どこからどう見ても禍々しく黒い魔力を全身に纏った存在が姿を現す。それは、私にとって、忘れたくても忘れられない、とてもとても見覚えのある姿。

（久しぶりね、この悪魔め！　うーん、前世の最期ぶりだわ！）

呪いそのものと言える悪魔が姿を現したことで、一気に空気が変わる。森の木は風のさざめきが広がるように悪魔を中心に朽ちていき、草も花も枯れ始める。同時にフェリクス様の方から、何かが切れるような音が聞こえ始めた。

今、呪われているのはこの土地とフェリクス様。フェリクス様のその身に、彼を取り巻く黒い魔力がまるで鋭利な刃物のように傷をつけ始めていた。

「きゃあ！　フェリクス様っ……！」

エルヴィラには、万が一フェリクス様が限界を迎えそうな時には治癒魔法をかけてほしいとお願いしている。そのために側についてもらっているのよね。

「はは……なるほど、確かにこれは、なかなかに痛くて大変で苦しいな」

「フェリクス様、傷を治します！」

「いや、まだ大丈夫だ」

焦ったエルヴィラがすぐに治癒魔法を使おうとするけれど、フェリクス様はそれを止める。

「でもっ……！」

「俺を今癒せば、恐らくこの黒い魔力は、俺を傷つけることができない分もまとめて大賢者殿へ向かうのだろう」

そのエリオスは、もはや地面にひれ伏すようにしている。なんとか必死に顔を上げて、この光景から目をそらさないようにするだけで精いっぱいのようだ。

そう、フェリクス様の言う通り。やっぱり呪いをその身に受けているだけあって、どうなるかを肌で感じることができるのね。そして、今フェリクス様が呪いの力を受け止めるのを拒めば、エリオスはただではすまないだろう。

本当に、フェリクス様にはすっごく大変な役目を押し付けてしまって申し訳ないわ……！

「ごめんなさい、フェリクス様。全部無事に終わったら、どんな罰でも受けますから！」

私は心からそう言ったのだけれど、フェリクス様は瞬時に拒否した。

「いや、その必要はない」

「だけど……」

そこまでフェリクス様に甘えるわけにはいかないわよね？　エルヴィラも言っていた通り、フェリクス様は完全に巻き込まれてとばっちりを受けているだけの可哀想な被害者で、見る人が見れば自業自得ともいえる立場のエリオスを助けたいがためにこうしてフェリクス様を傷つけているのは、完全にただの私のわがままなんですもの。

しかし、そう思う私に、フェリクス様はニヤリと笑って言った。

「傷は治る。それに、この程度で俺を怯えさせることができるとでも？　あいにく、俺はそこまで心の弱い小心者じゃないんだ。ルシルの役に立てる喜びに勝てる恐怖はそうないのだから、こちらは気にせず思い切りやってくれ」

その言葉に、私はいつかのフェリクス様とのやりとりを思い出す。

あれは、フェリクス様が魔力枯渇を起こして私が魔力を送ってあげた後、呪いのせいで傷ついた手を心配された時だったわね。

『あの程度で私を怖がらせられると思っているんですか？　それほど心の弱い小心者であると？なんて心外な！　私を怖がらせたいなら、せめてドラゴンくらい――は、怖くないか。う－ん、そうだなあ、私、何が襲ってきたら怖いかしら？』

まあ、フェリクス様ったら、これってあの時の私の言葉を意識したのよね？　全く、なんてかっこつけたことをするのかしら！　うふふ、お互いがお互いを支え合うような信頼関係を感じて、とっても素敵よね！

そして、私はこんなに信頼できる仲間がいるから、この悪魔に負ける気がしないのだ。

「リリーベル……変わらない運命はあるって、リリーベルが言ったのに……一体どうするつもりなの？」

エリオスのか細い呟きが聞こえて、私はちょっと面白くなった。

そうよね、私は確かにそう言った。未来は変わるけれど、変わらない運命はあるって。だけど、仕方ないじゃあないの！　だってどうしても受け入れられないんだもの!!

私は精いっぱい体を大きく見せようと胸を張り、ツンと顎を上げて、手を腰に当てて笑って見せた。

「ほーほほほ!! なんたって私は、愚かで醜い嫌われ悪女としてこのレーウェンフックにやってきた女ですからね! 運命が変えられないなら、悪女らしく無理やりにでもねじ伏せてやるわよ!!」

「みゃーおっ!」

「にゃあああ!」

「しゃー!」

後ろの方で、そうだそうだ! と言わんばかりに、ジャックとマーズとミシェルが囃し立てている。

ね、ほら! 世界一自由な猫ちゃんたちも同意してくれているわ!

『何その高笑い……下手な悪役ごっこ、全然似合わねえの……』

ここぞとばかりにマオウルドットが呆れたような念話を送ってくるけれど、余計なことを言っていたら遊んであげないわよ?

そうやって騒いでばかりの私に、空間から完全に姿を現した悪魔の視線が、ゆっくりと向けられた。

悪魔は、とても大きく、首がちぎれそうなほど細く長く、手足も異様に長くて影のように全身が黒い。まるで人に擬態しようとして大失敗したというような、奇妙な姿をしていた。

強い悪魔ほど、人に擬態しようとする。大体の悪魔は人の形に全く見えないレベルだから、きっとこの悪魔はかなり強い個体なんだと思う。けれど私はもっと強い悪魔を見たことがある。本当にどうしようもないほど、絶望しか感じられないほど強い強い悪魔は、もっと人間に似ているのよね。

悪魔は宙に高く浮いたまま、その場でくるりと回った。

【あ、あ……御馳走、たくさんだあ】

フェリクス様の方を見て、エリオスを見て、そして最後に私を見て首を傾げると（首が細長すぎて折れたように見えるけど多分傾げていると思う）、甲高い声で、子供のようにはしゃぎながら笑う悪魔。

（わー！　作り物っぽい声でとっても気持ち悪い！　いつか、ヒナコが魔法で変なガスを作り出して吸い込んだ後、こんな声を出していたわね！　たしか『異世界版ヘリウムガス！』とかなんとか言っていたっけ）

そんなことを考えながら、今まで出会った中で一番強かった悪魔は話し方も人間そっくりだったわよねと遠い昔のことを思い出す。

私が一番、悪魔によく遭っていたのは、アリス様と一緒にいる頃だった。あれってきっと、アリス様に悪魔に関する相談が多く来ていたから必然的に悪魔と対峙する機会が増えていたということもあるのだろうけど、多分あの頃に比べると、人間の世界に来る悪魔自体が随分減っていると思う。

きっと今ここにアリス様がいたならば、誰も傷つくこともなく、大変な思いをすることもなく、すぐにこんな悪魔、簡単に退治されておしまいだっただろうなあ。

だけど、アリス様はいないから。私は私のやり方で行くわね!!

本来、ルシルとしての私の持つ魔法は闇属性魔法だけ。だけど、リリーベルの記憶を思い出して、あの頃に飼い主たちから受け取った魔力は全部取り戻すことができたので、歴代飼い主たちが一番得意だった属性の魔法を、今の私も使うことができる。

「えいっ！」

私はクラリッサ様から分けてもらった魔力で光魔法を発動させると、小さな弾のようにしていくつも悪魔に投げつけた！

「えっ!?　あれって光魔法……ルシル様、光魔法を使えるの……?」

エルヴィラの驚く声が聞こえる。残念ながら、光魔法は闇魔法ほど得意ではないのだけれど、そんな私の一割程度の力で打った光の弾は悪魔にピシピシと当たり、弾けていく。今はこれくらいのものでも問題ない。

とにかくまずは悪魔の注意を私に引き付けなければ！

【わあ……なに？　とっても、邪魔】

この程度ではかすり傷一つつけられないけれど、狙い通り悪魔は不快そうな顔をして私を睨んだ。

その場に言いようのない緊張感が漂い、私と悪魔以外は息もしていないんじゃないかというほどシン……と静まっている。

そんな中で、私は禍々しく光る悪魔のその目をじっと見つめると、ぷぷっと笑って見せた。

「なーんだ！　エリオスとフェリクス様がとっても苦しそうだから、どれほど強い悪魔なのかと思ったけれど、あなた、全然大したことないのねえ」

【あ……?】

まず、最初に私を攻撃してもらわなくちゃいけない。悪魔にとって、何年もこの時を待っていたエリオスは、ものすごい御馳走に違いないから、普通はまずエリオスを食べたいはずなのよね。だけど、エリオスが取り込まれてしまった後では、私の作戦が上手くいかない可能性が高くなってしまう。そもそもそれではエリオスを助けられないし。

そして、そこそこに強い悪魔が、一番プライドが高い。

「悪魔って、もっと強くて怖いのかと思っていたわ!!」

私が叫ぶと同時に、悪魔から発される魔力がぶわりと大きくなる。うーん、良い感じに怒っているわね!

「くっ……!」

「フェリクス様っ」

だけど、それは同時にフェリクス様やエリオスにかかる負担も大きくなるということだ。

(あとちょっと……あとちょっとだから、頑張ってくださいね、フェリクス様、エリオス!)

【お前ぇ、さいしょ】

悪魔が一層甲高く声を震わせてそう言うと、黒いモヤのような魔力がいくつも帯状に伸び、ものすごい勢いで私に向かってくる!

(これは……思った以上だわね……!!)

私は光魔法で自分の体に薄い膜のように防御魔法を張り、悪魔の魔力を受け止める。けれど、この程度の弱い光魔法では、この魔力を消し飛ばすことも、はねのけることもできない。つまり、私の周りにはどんどん悪魔の魔力が渦巻いて溜まって、次第に圧を増していく。

【うふうふ、うふふふふ！】

為す術もない私の姿に悪魔は嬉しそうに笑い、嬲《なぶ》るように私に向ける魔力を徐々に増やしていく。

「うっ……！」

さすがに重くて立っていられなくて、私はその場に膝をつく。

「ぐ、う……ルシルっ」

「ルシル様！」

「リリーベル……」

「ルシルちゃん！」

「みゃあ！」

「にゃあーご！」

「ふみゃっ!!」

皆が次々と私を呼ぶ。悪魔の圧倒的な力、何もできない私。

「あ、あ……こんなの、私の力でだって無理だわ……」

エルヴィラの震える声。

その場に絶望が広がっていく——。

……うふふ！　みんな気づいていないけど、ジャックとマーズとミシェルだけは、「いけいけー！」「ぶっとばせー！」「けちょんけちょんのぼっこぼこにやっつけちゃえー！」って、めちゃくちゃに盛り上がって囃し立てているのよね！

さすが私の可愛い猫ちゃんたち！　こーんな場面でも楽しんじゃうなんて、いとかわゆし！　そして、よく分かっているわよね。

三匹の猫ちゃんたち以外は私のことを本気で心配してくれているようだけれど、心配いらないと伝えることもできない。そして、悪魔から発されるあまりに強い魔力に誰もその場から動けず、立っていることさえままならないようで、呪いの影響を受けていないエルヴィラも、顔だけ上げて膝をついたフェリクス様に寄り添うように座り込む形になっているし、カイン様も猫たちを抱き込んでその場にかがみこんでいる。

そんな中で私はその瞬間を待っていた。悪魔が見えない一線を越えて、この状況を一瞬で覆すことができるようになる、その時を。

（あとちょっと、あとちょっとだわ……！　うぅ、それにしても、本当にとんでもなく強い魔法をぶつけてきちゃって!!　さすが、人への擬態が不完全とはいえ、リリーベルだった私を生贄として喰らって、エリオスの魂を何百年も縛り続けてきただけあるわね！）

しかし、逆に言えば、そんな悪魔が『人への擬態は不完全であること』がポイントなのだ。

――ヒントはたくさんあったのよ。

例えば、そもそもこの悪魔が魔法陣を使って召喚された悪魔だということ。

上級悪魔は、そんなものがなくとも人間の世界に来ることができる。もちろん、どんな時でも好き勝手に、とはいかないようだけれど、魔法陣に応える悪魔はせいぜい中級がいいところ。つまり、魔法陣から召喚されたということは、私を取り込む前のこの悪魔は、そこまで強くなかったはずだっていうことの証明になる。

次に、この悪魔がすぐにエリオスの願いを叶えなかったということ。

悪魔は悪趣味だから、私を取り込んで強くなって、いい気になって……それで、エリオスの心を弄んで楽しんでいたんだと思うけれど、それが裏目に出たわね。だって、魂を縛り続けるのにもエネルギーがいる。おまけに相手は、いまや『大賢者』と呼ばれるほどのエリオスよ？

エリオスを取り込んでしまえば、もったいつけて焦《じ》らしていた分、使っていたエネルギーの何倍もの力を手に入れることができるでしょうけど、今、この悪魔の力はかなり少なくなっている状態のはずだと推測できる。ゆえに、人への擬態も完全ではない。

だからこそ、私にとってはラッキーだった。この悪魔がもう少しせっかちで、食いしん坊で、『人が嫌がることをするよりも、自分の欲求を満たしたーい！』なんてタイプだったら、きっと私はこの悪魔には敵わなかったもの！

もっと言うなら、この悪魔は予知夢で、人間であるエルヴィラに消し飛ばされたのだ。いくらエルヴィラが聖女と呼ばれるようになる力を持っていたって、本当に強い悪魔だったらそう簡単にはいかない。

これらのことによって、私はいけると判断した。

さて、それじゃあ、何をどういけると思ったかというと。

（それは……こうよ!!）

悪魔が私に向かって放つ魔力がどんどん強くなっていく。私の弱い光魔法の防御では完全に防ぐこともできず、肌がピシピシと刻まれる。

そして、その時はきた!!

ブワリと一気に魔力の圧が強まったその瞬間、ついに悪魔の闇に飲み込まれる直前に、私は光魔法を解除して――

一気に闇魔法で空間を作り、そこに魔力を引き込んでいく！

【ナ、ナニ!?】

突然魔力が引き摺り込まれるような感覚に、悪魔がたまらず戸惑った声を出した。

ふっふっふ！　魔力はある程度の強さで放出すると咄嗟に引っ込めることができなくなるからね！　これでどんなに慌てても、悪魔は魔力を私にぶつけることを止めることができないまま私に魔力を吸われちゃうってわけよ！

この悪魔の今の強さは、元々リリーベルを取り込んだことによって手に入れた部分が大きい。そして、今の私はリリーベルの頃より、人間になったことでアリス様からもらった魔力を何倍も上手く使えるようになっているし、ルシルとしての潜在能力がある分、前よりずーっと闇魔法が得意なの!!

私の予想では、このまま悪魔が乾涸《ひから》びてしまうまで、悪魔の力を私の闇魔法で吸い尽くしてしまえるはずだった。

これはフェリクス様の呪いから着想を得たのよね！　フェリクス様は手で触れた対象の魔力を、ミイラのように乾涸びるまで吸い上げてしまうと言っていたもの。

（ふふん！　この悪魔めっ！　自分がかけた呪いと同じような方法でやっつけられるなんて、いったいどんな気分かしらー!?）

――けれど、予想以上に悪魔の力が強大で、吸い込みきれない！　それどころか、このままでは逆に私が飲み込まれてしまう……！

【うふ、うふ、うふ！　ば～か！】

私の思惑が上手くいかないことを確信して、悪魔が再び嬉しそうに笑う。子供のように無邪気に、遊びに夢中になっているかのように、心の底から楽しそうに。

（うーん、エルヴィラの大体の力を見て、頑張ればいけるって思ったんだけど……）

予知夢でのエルヴィラの覚醒のきっかけは、私の闇魔法の暴走だったけれど、今回は大型でとても危険な魔物との対峙だった。

きっと、あの魔物よりも私の魔法暴走の方がよっぽど強力で、きっかけが弱かった今回のエルヴィラの覚醒は、予知夢よりも強くなかったんだわ!!

（これはうっかりしていたわ！　大体悪魔の力をエルヴィラを基準にして考えちゃっていたから、私が思っていたより悪魔の力が強いのね！）

私はここからどうするべきかを考える。もはや濁流のような悪魔の魔力に包み込まれて、視界は真っ暗で何も見えない。けれど、後方でフェリクス様の苦しそうな声と、エルヴィラの悲鳴が聞こえた。

フェリクス様、無理させてしまっているわよね……。

予知夢の通り、エルヴィラが覚醒の勢いで悪魔を呪いごと消し飛ばしてしまっていれば、彼がこんなに苦しむことも、痛い思いをする必要もなかったのに。

私が運命をねじ伏せたいと願ったばかりに、フェリクス様を苦しめている。

だからこそ、私はなんとしてでもこの悪魔をやっつけて、フェリクス様とレーウェンフックを、呪いから解放する義務がある。

これは……仕方ない……万が一の時にって考えていた、プランBに移行するしかないわね……！！

アリス様が一度だけ言っていたことを思い出す。

『アタシの可愛いリリーベル。アタシは美しくて、誰よりも強くて、最高の存在で、リリーベルという何よりも大事で愛する存在も側にいる。幸せだわ。だけどね、そんなアタシにも一つだけ後悔していることがあるのさ』

『そうなの？　それはなあに？』

『もっと、人に頼る生き方をしてもよかったかもしれないなってね』

『ふうん……？』

あの頃は、毎日が幸せで、全てが上手くいっていて、おまけに呑気な猫だった私には、今思えばいまいちピンときていなかったなあ。

だけどアリス様は、いつだって大事なことを教えてくれていたね。

あんなに無敵だったアリス様だって、そう思っていたくらいなんだもの。

弱っちい私は、大好きな人たちを、全力で頼るよ。


悪魔に集中していて、念話だけで言葉を飛ばすのが難しいので、私はすうっと息を吸い込むと、思い切り叫んだ！

「マオウルドット――――!!」

【へっ!?　オレっ？　なになになに～っ!?】

マオウルドットの意識がきちんとこちらに向いたことを確認して、私はすぐさま作戦実行に移る。

「今からすっごくたくさん魔力をそっちに渡すから、受け取って――――!!」

【はっ？　どういうこと？】

怪訝そうな念話を受け取るけれど、それに対して返事をする余裕も、ましてやゆっくり説明する余裕ももちろんない。

本当は事前に話しておいた方がよかったのだとは思うけれど、これは本当に最後の手段だと思っていたし、まさか本当にこうすることになるとは思わなかったのだから、その辺の詰めの甘さは許してほしいところね！　色々急展開すぎて時間もなかったし！

そんなことを思いながら、私は悪魔の魔力を引き込む先を、展開していた闇魔法で作った空間から右耳に揺れるイヤリングへと一気に動かす！

これは、エリオスがマオウルドットの封印を変換した時に、封印と繋げた赤い石のイヤリングだ。

この石に魔力を流せば、マオウルドットの封印が緩む――つまり、この石に流した魔力は全て、マオウルドットへと流れることになる。

誇り高きドラゴン、私の大好きな親友。

数ある未来、その一つに、人間――エルヴィラに消し飛ばされる可能性があった悪魔の魔力なんか、ぜーんぶ飲み込めちゃうわよね??

もちろん、イヤリングの石は小さい。さっきまで魔力を引き込んでいた闇魔法の空間は好きなだけ入り口を大きくできたけれど、この石はそうはいかない。つまるところ、とんでもなく繊細な魔力操作が必要になるわけで。

――予知夢の私には、無理だっただろうなあ。

怒りに我を忘れ、闇魔法を暴走させた私には、今みたいなことはきっとできなかったと思う。

リリーベルの頃の記憶を思い出し、予知夢の時よりもずっとずっと魔力操作の腕が上がっている私。おまけにリリーベルの頃にもらった魔力を取り戻し、予知夢や、エリオスの話、たくさんのヒントをもらった今の私だからこそ、できることだった。

額に汗がにじむ。

こんなに集中しているのは久しぶりで、視界がチカチカする。

それでも私は必死に、全身を押しつぶすほどの魔力がイヤリングから溢れてしまわないように、慎重に、瞬時に圧縮して、流し続けた。

【ぐ、ぐ、う、ぎぎぃ、ぎゃあああッ!!】

そして、耳を塞ぎたくなるほどの断末魔を最後に、あれほど大きく溢れていた悪魔の魔力が、一瞬にしてその場から消え去ったのだった。


辺りがシン……と静まり返る。

「や、やったの……?」

最初に声を発したのはエルヴィラだった。違う、エルヴィラくらいしか声を出せなかったのだ。

エリオスもフェリクス様もずたぼろの満身創痍《そうい》、カイン様はあまりのことに放心状態、私だってもう今この瞬間、うめき声すらあげられる気がしない。

(さ、さすがエルヴィラ……光魔法覚醒者の余裕ってやつね！)

普通はさっきまでこの場に溢れていた悪魔の魔力にあてられて、平然となんてしていられないわよ！　闇魔法に対して強い光魔法を持つエルヴィラだからこそ、あの距離で悪魔の魔力の影響を受けても平気で立っていられるのだということは明白だった。

しかし、私はそうも言っていられない。くたびれ果てて振り向くこともできないまま、なんとか声を出す。

「エ、エルヴィラ……とりあえずフェリクス様に、回復を…………」

「キャアッ！　そうだわ！　フェリクス様っ！」

結論から言うと、フェリクス様もエリオスも、無事だった。

終わってみればあっけないほどに、悪魔の気配も、呪いの気配もその場からは微塵も感じられなくなっていた。


「フェリクス様が呪いの力を全て受け止めていてくれたから、どうにかなりました！　ありがとうございます！」

その場にいる全員がエルヴィラの治癒を受けて、普通に動いたり話したりができるほどに回復した頃、私はまずフェリクス様にお礼を告げた。

本当に、フェリクス様が辛い役目を引き受けてくれたからこそ、私の思惑が上手くいったんだものね。そうでなければエリオスはすぐに取り込まれてしまっていただろうし、そうなれば私も一瞬で飲み込まれていただろうと思う。

「いや、あなたの役に立ててよかった。それに、呪いも……。本当に呪いがなくなったなど、まだ信じられない」

どこか熱に浮かされたようにそう呟くフェリクス様。

それはそうよね。小さな頃からずっと呪いに悩まされ続けてきたフェリクス様。私は予知夢のおかげで、どんな風に未来が変わってもその呪いが解けると知っていたわけだけれど、フェリクス様にとっては突然『呪いが解けるかもしれない』と聞かされて、実際すぐに呪いから解放されることになったんだもの。

「リリーベル、本当に、運命を変えたんだ……」

エリオスも、まだどこか呆然としているようだった。

運命を変えた、か……。

アリス様は、運命は変えられないと言っていた。実際、予知夢で私がその変わらない運命だと思っていた部分——エルヴィラの覚醒と、フェリクス様とレーウェンフックの呪いが解けるという部分は、実際にその通りになった。思っていた流れとは随分違った結果にはなったけれど。

（私は『エルヴィラがフェリクス様の呪いを解く』ことまで運命のうちだと思っていたわけだけれど……）

果たして、どこまでが運命だったのか。今となっては分からない。

私は本当に運命をねじ伏せることができたのか。はたまた、私が運命の部分を取り違えただけで、やっぱり運命の部分は変わらず、できる限りの範囲で未来を変えたに過ぎないのか……。

まあ、考えたって答えは出ないんだもの！　どっちだっていいわよね！

私の大切な人たちは誰一人死ななかった！　みんな生きている！　それで十分だわ。

そう、思っていたのだけれど。

「きゃあああ!」

レーウェンフックの屋敷に戻ってきた私たちは、辿り着く前に屋敷の方から聞こえてきた悲鳴に目を見合わせた。

(今のは……アリーチェ様の悲鳴だわ!　まさか、アリーチェ様に何かあったんじゃ……!)

悪魔の気配はもうない。だから、綺麗さっぱり消し去れたと思ったのだけれど、そうじゃなかったのかもしれない。もしくは予想に反してレーウェンフックの屋敷の方になんらかの影響があったのかもしれない。なんせこんなことは初めてだから、何が起こっていてもおかしくはないのだ。

だからこそ、想定外のことがあった時のためにマオウルドットをあえて残してきたのだけれど……。

そんな風にあれやこれやとよくない事態を想定しながら、屋敷に向かう。

しかし、門の方に辿り着くまでに、私は明らかな異変に気づいていた。

「こ、これは……」

なんとなく事態を察して、屋敷の少し手前で馬を走らせるのをやめて、恐る恐る歩を進める形に。

(うわあ、どうしよう。すっごく嫌な予感がするわ!)

進みながらもチラ、と様子を窺うと、フェリクス様はなんだか呆けているし、カイン様はものすごく引きつった顔をしていた。どうやら二人も同じように嫌な予感がしているらしい。

カイン様なんて、抱っこしたままのジャックたちが今がチャンスとばかりに彼の騎士服にたしたしと鋭く手を出したり、ガジガジと甘噛みしていても、全くそれどころじゃないといった感じだ。

ついに屋敷の門をくぐる。

そこには手で口を覆って立ち尽くすアリーチェ様と、ポカンと口を開けて目をぱちくりとしているマオウルドットがいた。

——ただし、マオウルドットの体はとんでもなく大きくなり、頭は離れの屋根を突き抜けて飛び出しているし、手足も尻尾も、まるで建物から生えているかのようになっている。

(うわーあ！　このサイズのマオウルドットを見るのは何百年ぶりかしら！)

久しぶりに森で会った時も、封印は緩んでいるだけで解けてはいなかったので、本来の大きさに比べれば半分にも満たないほどの小さなマオウルドットだったものね。

ふと、ポカンとしていたマオウルドットが私に気づき、目が合う。数秒見つめ合ったまま沈黙が漂ったけれど、マオウルドットがニヤリと笑った。

「ふ、ふははは‼　見てみろルシルー！　これぞ誇り高きドラゴン！　久しぶりにでっかいオレ、かっこいいだろー‼」

ああ……マオウルドット、なんだか魔王っぽい笑い方なんてしちゃって、とっても嬉しそうね……。

「マオウルドット、大きくなったら、もう一緒に住めないわね」

「えっ」

思わず呟くと、さっきまでドヤ顔で嬉しそうにしていたマオウルドットは絶句した。

よく見ると、本邸の方にいたサラをはじめとする使用人も外に出てきて呆然と見ているし、いつもマオウルドットにベッタリだった子猫軍団は、マオウルドットの飛び出した尻尾の先に大興奮でじゃれついている。あ、あはは……大きな猫じゃらし、とっても楽しそう……。

見たところ、怪我をしている人はいないみたいでよかった。だけれど、当然ながら、離れは屋根も壁も壊れ、窓も割れて、とても住める状態ではなくなっていたのだった。


どうやら、私がイヤリングを通して送った魔力が膨大だったために、マオウルドットに魔力が漲って、本来のサイズまで体が大きくなってしまったらしい。

そうよね、だって封印で魔力を制限したからこそ、あんなに可愛らしいサイズになっていたんだもの。よく考えれば当然の流れではあったわよね。

直前まで離れで猫ちゃんたちとのんびり昼寝をしていたマオウルドットは、私からのいきなりの念話のあと、突如として流れ込んでくる魔力を、離れから出る間もなくその身に受け取ったということだった。

そんなマオウルドットは今、シクシクと泣いている。

「うっ……あんまりだ……大きくなったからもう一緒に住めないってなんだよ！　突然魔力寄越したルシルが悪いんじゃないか！」

めそめそする大きなドラゴンをフェリクス様もカイン様もなんとも言えない表情で見ている。アリーチェ様は森で怖い目に遭ったことを思い出してしまわないかしら？　と心配になったけれど、どうやらそこは問題ないらしい。しかしエリオスを抱き寄せながら、「マオちゃま……」と哀れむような目で見つめている。エルヴィラは少し警戒しているようだ。

うーん、確かに考えが甘かった私が悪いのよねえ。そう思って、素直に謝る。

「マオウルドット、本当にごめんね！」

「謝るなら小さくして！　オレ、絶対一人で森になんて帰らないからな！」

「えっ、小さくしていいの？」

「えっ、できるの？」

もちろん、できるに決まっている。だって封印は私に紐づけられているんだもの。

そう伝えると、マオウルドットはみるみるうちに顔を輝かせた。

「フン、早く言えよ！　まあ、オレは大きくても困らないけど？　ルシルはオレがいないと寂しいだろうから、一緒にいるために小さくなってやるよ！」

さっき、小さくして！　って泣いていたのはどこの誰なのかしら？

そう思ったけれど、実際に私のせいでマオウルドットを振り回してしまっているのは事実なので、それは言わないでおくことにしたのだった。

大きくなってしまったマオウルドットをもう一度小さくするために、私はイヤリングに詰め込まれていった魔力を探ってみる。これが封印に直結していて、ここに魔力を流してマオウルドットに送り込んだわけだから、ここからその分の魔力を取り出してやればいいわけなんだけど……。

（うーん、なかなか大変そうね！）

そもそも、最初は私だけで悪魔の魔力を吸い込み尽くしてしまおうとしたけれど、それができなくてマオウルドットに渡したわけで。今の私がこの魔力を吸い上げてあげることはちょっと難しそうだった。

「だとすると、どうするのが一番いいかしら？」

考えながら、すっかり大きくなっているマオウルドットを眺めてみる。うん、大きいわね！　マオウルドットのことが大好きな子猫軍団は、大きなドラゴンにも怯えることなく、むしろ大興奮であっちにじゃれつきこっちにじゃれつき好き放題している。すっかり仲良しになっているため、そんな風にいいようにされていても「やめろ！」「オレはおもちゃじゃない！」と怒りつつ、マオウルドットは好きにさせてあげているようだ。うふふ、微笑ましいわねえ！

今のマオウルドットは悪魔の魔力でパンパンになっている状態と言えるけれど、そこはマオウルドット自体を媒介としているため、猫ちゃんたちに悪影響はなさそうだ。というか、悪魔の魔力そのものだったら猫ちゃんたちどころか、今この場にいるサラをはじめとしたレーウェンフックの使用人たちは、誰一人耐えられなかったに違いない。

（さすがドラゴンよねえ。あれだけの量と圧の悪魔の魔力を、完全に自分の魔力に変換しているようなものなんだから）

うんうんと感心しながら考えて、ふとひらめいた。

今このままマオウルドットから魔力を吸い上げても、彼の中で変換されている魔力は悪魔のものに戻ってしまう。だから、どうにか私が吸いつくして、他に影響を出さないようにしなくちゃと思っていたわけだけど……私も変換してしまえばいいのでは？　そして、害のない魔力にした後に、外に放出してばらまいてしまえばいいのでは？

それはとんでもなく名案に思えた。

じゃあ、今度は、どうやって魔力の種類を変換するかっていうことだけど……。

私は次に、イヤリングではなくてマオウルドットの中の魔力を探ってみることにする。

ピトリとマオウルドットの体に全身でひっついて自分の魔力を流してみると、マオウルドットがなぜか大慌てし始めた。

「な、な、な、ルシル！　お前、何するんだよーっ!?」

「えっ？　マオウルドットの中で、悪魔の魔力がどうやって変換されているかなって思って調べているのよ」

何よ、猫ちゃんたちに散々じゃれつかれているんだから、別にいいじゃあないの！

そう思い、気にせずへばりついたまま、マオウルドットの中を探ってみる。

……うーん、別にいいじゃないと思ったものの、確かにこれだけ好き放題魔力を探っていたら、ちょっと気持ち悪いかもしれないわね。ドラゴンであるマオウルドットは、自分の魔力に遠慮なく干渉されるなんて経験も初めてだろうし。

（まあ、そんなこと言っていられないから我慢してもらうしかないんだけど）

「う、うひゃひゃ！　やめろー！　くすぐったい、いや、気持ち悪い、ううっ、時々気持ちいいのが悔しい……」

あー分かる分かる！　私も歴代飼い主たちから魔力をもらう時に、多分同じような感覚を味わったんだと思うけど、あれって慣れないと気持ち悪いけど、慣れるとちょっと気持ちいいのよねえ。

そうやってひーひー言っているマオウルドットを無視して気が済むまで調べた結果、なんだかいけそうな気がしてきた。

「あとは、一応ちょっと練習して……」

私は闇魔法で作った空間を開くと、その中に手を突っ込んで中の物を探り当てる。

わ、ちょっとこの中、悪魔の魔力がたくさん入ってて、手を入れると気持ち悪いわね……。マオウルドットの中の魔力を吸い出すのが上手くいったら、こっちのもどうにかしよう。

そんなことを思いながら、私は少し小さめの竪琴を取り出した。

気になったらしいフェリクス様がおずおずと近づいてきて、私の手の中の竪琴をじっと見つめる。

「ルシル？　それはなんだ？」

「うふふ、これは、私が猫だった頃の飼い主の一人が作った、ちょっとした面白アイテムです！　一つの魔力では一つの音しか鳴らないので、この竪琴でまともに音楽を奏でるには、魔力の質を変換させなくちゃいけないんですよねえ。それがすごく面白くて、猫だった頃によくこれで遊んでました」

「そ、そうか……」

もちろん、これを作ったのはコンラッドだった。当時の私は猫だったから、当然普通の楽器は上手く弾けなかったのだけれど、これは魔力を流せば音が出るように作られているから、私でも音楽が楽しめたのよねえ。大商人だったコンラッドは長い距離を旅することが多くて、私が飽きないようにって作ってくれたんだけれど。

次の飼い主のローゼリアは歌が好きだったから、私がこれで音楽を奏でて、ローゼリアが歌ってくれたりもしたっけ。一緒に遊べて楽しかったなあ。

そんな、懐かしくも幸せな思い出に浸りながら、私は竪琴に魔力を流す。

久しぶりすぎて少してこずったけれど、すぐに勘を取り戻すことができた。あの頃、散々これで遊んだものね……。

「さて、それじゃあやりましょうか！」

私は慎重に、イヤリングを通してマオウルドットの中にある悪魔の魔力を吸い上げていく。そして、同時に魔力を変換し始めた。

（どうせなら、このまま竪琴を通して放出しちゃおう！）

楽しくなってきて、私は変換した魔力を使って、竪琴を弾いていく。今の私には人の手もあるけれど、実際に竪琴を弾いたことはないので、手はなんとなーく適当に添えるだけ。ふふ、こうしていると、私ってばとっても上手な竪琴奏者みたいじゃない？

そうして私の魔力で奏でる音楽が広がり始めると、ふわり、ふわりとどこからともなく小さな光の粒が浮かび始めた。

音楽に合わせて、光の粒はどんどん増えていく。そりゃあもう大量に、ポワポワ、フワフワとどこからか浮かび上がってはまるで踊るように漂っている。

「にゃあ！」

「ふみゃあーん！」

（あらあら、猫ちゃんたちも大はしゃぎね！）

マオウルドットの尻尾にじゃれついていた子猫ちゃんたちも、いつの間にか集まってきていた他の猫ちゃんたちも、自分の近くの光の粒に猫パンチを繰り出したり、狙いを定めて飛びついたりして遊んでいる。光の粒は消えたり消えなかったり、風に揺られて避けてみたり、なんだか意思を持って猫ちゃんたちと戯れているかのようだわ。

ふと見ると、離れの建物から手足を生やした状態のままのマオウルドットも、どこかうずうずしているように見える。

「マオウルドット！　遊びたくてうずうずしているのは分かるけど、あなたは小さくなるまでは大人しくしていてね！」

「うっ……！　フ、フン！　オレをこのチビたちと一緒にするなよ！　こんな光の粒で遊びたいとか、そんなわけないだろ!!」

ふいっと顔を背けてそうツンとして見せるマオウルドット。だけど、視線が光を追いかけているのが丸見えだし、尻尾もゆらゆらしているわよ！

これは早く小さくしてあげて、存分に遊ばせてあげないといけないわね！

それに、久しぶりだからどうかと思ったけれど、やっているうちに感覚を取り戻してきて、もう少し大胆に竪琴を奏でても大丈夫そうな気がするわ！

そう思い、私は徐々にマオウルドットから吸い上げる魔力を多くしていく。

すると、魔力を流せば流すほど、竪琴が奏でる音楽は華やかに、遠くに響いていくように大きくなっていく。

光の粒が音とともにふわふわと広がり始めた。まるで、音と一緒に風に乗って運ばれていくような光景だ。

「あらっ？」

よく見ると、その光があちこちにピトリとくっついては、取り込まれるようにスッと消えていく。

それは、草や花、土だったり、私がランじいと一緒に育てている野菜だったり、はたまた猫ちゃんたちだったり……。驚いて竪琴を鳴らしながらも周りを見渡すと、フェリクス様やエリオスにも、いくつも光の粒が集まっては消えていくのが見て取れた。

「これは、なんだ……？」

戸惑いながら、自分の手のひらを見つめるフェリクス様。

「うわあ……温かい……」

気持ちよさそうに目を瞑り、息を吐くエリオス。

「これは、まさか、浄化の光なの……?」

その光景を呆然と見つめて呟くエルヴィラ。

「う、うわあ!　なんだこれ、大丈夫なのか?　……いや、大丈夫そうだな……」

カイン様に抱かれたままだったジャック、マーズ、ミシェルにもたくさんの光の粒が集まっている。驚いたカイン様の腕の中からぴょんっと飛び出した三匹は、お互いにじゃれ合ってはしゃいでいる。うふふ、楽しそうで何よりだわ!

どこまでも響いていく音楽、はしゃぐ猫たち、揺れる植物や集まった使用人たち。

まるで、青空の下で開いた舞踏会のよう!

やがて、マオウルドットの体が徐々に小さくなっていく。随分魔力を吸い上げたみたいね。元の可愛らしいサイズまでもう少し。

私は最高にいい気分のまま、竪琴に魔力を流し続けたのだった。


「――うーん。とはいえ、これはまたもや予想外ね!」

やっと悪魔の魔力を発散しつくしたあと、私は周囲を見渡してそう感想をこぼす。

小さくなったマオウルドット――は、予定通りだからいいとして。

……ランじいと育てていた野菜は普通ではありえないほどに大きなサイズにまるまると太っているし、植えたばかりだった花もこれでもかとばかりに咲きまくっている。屋敷の外にはほとんど植物が生えていなかった気がするのだけれど、別世界であるかのように緑が生い茂っているではない

か。ジャングルなの？　ジャングルが生まれたの??

そう、光の粒は全ての生命力を大いに肥大させたようで、何もかもが生き生きと、とんでもない成長を遂げていた。

「このレーウェンフックって、植物がほとんど育たないんじゃなかったかしら……？　いや、そりゃあ、ルシルお姉様とランドルフじいの畑は、最近ではそんなこと感じさせなかったとはいえ、これはまた……」

アリーチェ様が呆然と呟く。

「そうよねえ。これって呪いが解けたおかげなのかしら？」

思わず首を傾げていると、どんっ、と腰のあたりに衝撃が走った。エリオスが勢いよく私に抱き着いたのだ。

「エリオス？　どうしたの？」

「体が……体が、変なんだ」

「まあ！　どこか痛い？　それとも気持ちが悪い？」

呪いは解けたと思ったのだけれど……。私は思わずエリオスの肩に両手を置いて顔を覗き込む。

すると、エリオスは顔をくしゃりと歪めて、そうじゃない、と首を横に振った。

「違うよ、痛いのでも、気持ちが悪いのでもなくて……ずっとずっと、体に血が通っていないような、心臓がすっかり止まってしまったような、そんな妙な感覚だったんだ。僕の時間は止まっていたから、世界から取り残されたような、そんななんとも言えない感覚がずっとあった。あったのに、それが、それが全然ない」

　エリオスは混乱しているとも興奮しているとも取れる様子で、必死になって私に自分の体に起こった変化を訴えてくる。

「呪いも解けて、ルシルが魔力を一杯ばらまいたから、エリオスの時間もまた流れ始めたんじゃねーの？　葉っぱとか花とかがモリモリ生長したのと同じようにさ～、うわ、お前ら、だからオレで遊ぶなってばー！」

　マオウルドットが猫ちゃんたちにじゃれつかれてコロンと転がりながらも、エリオスの異変について教えてくれた。

「そうかもしれない……あは、あはは……僕は、僕も、歳を取れるのか……」

　エリオスは泣き笑いになって、うわ言のように何度も呟く。

「僕にも、未来が、あるんだ……」


　リリーベルが、僕の、フェリクスの、レーウェンフックの呪いを解いてくれた。

　泣きたいのか笑いたいのか、もう自分でもよく分からない。

　結局のところ、正直な気持ちを打ち明けるなら、僕はずっとずっと『未来』を夢見ていた。

　当たり前に未来を迎える人には分からないかもしれないけど、夢見るってことは、それが叶わないと分かっているってことなんだ。少なくとも、僕にとってはそうだった。

夢見て、焦がれて、けれど決して訪れることがないと分かっていた未来。……今、僕はその未来を手にした。


「ああ――――ッ!? お、お、おいぃ!? そんなのありえないだろっ!?」

マオウルドットの絶叫で、ハッと我に返る。

小さいサイズに戻ったマオウルドットは、目をむいてワナワナと震えていた。

……はは、全く、マオウルドットは僕に、突然降って湧いた奇跡に打ち震える時間さえ与えてくれないんだからさ、もう。

マオウルドットの視線の先には……あれっ。小さな子供がいる?? 僕だって見た目は子供だけれど、もっともっと小さいよちよち歩きの子供だ。

これは誰だろう?

そう不思議に思っていると、クワッと目を見開いたマオウルドットが叫んだ。

「お前ら、ただの猫のくせにっ、猫のくせにっ、なんで人化してるんだよっ!!」

その言葉に驚いて、僕はもう一度子供の方を見てみる。

黒髪の男の子に、少し背の高くて髪の長い女の子、そしてフワフワの茶髪を揺らした一際体の小さな女の子だ。

これがどういうことなのか、僕が理解するとともにリリーベルが驚きに声を上げた。

「まあ！　まさかあなたたち、ジャックとマーズとミシェルなの？　人間の姿になれちゃったの⁉」

そうだ、いつもリリーベルの側をひっつき回っている三匹がいない。

すると、幼児三人は口々に話し始めた。

「わあ！　ぼく、人間になれちゃった！」

「わあ〜、本当だ〜ルシルとおそろいになれちゃった！」

「ちょっと〜どうちてあたちだけ小さいのよう！　ふんふん！」

……すごく性格がよく分かる会話だね。

僕は考える。マオウルドットは、悪魔の魔力を吸い上げて大きくなった。あの猫たち三匹はリリーベルに名前を与えられて半精霊になっていたから、リリーベルが振りまいた魔力を取り込んで、人化できるほどの力を得たってところなのかな。悪魔は力が大きければ大きいほど人に擬態するのが上手くなるけれど、精霊も力が大きいほど人化できるようになるものだから。

だけど、なんだかいいようのない違和感がある。なんだろう、なんだか不思議な感覚なんだけれど……。

「おい！　オレを無視するな！　お前らが人化できるなら、オレだって人化していいじゃないか——‼」

「……マオウルドットは元々の魔力の器が大きすぎて、ちょっとやそっとじゃ人化できるほどの力が溜まらないんだろうね」

「ええっ、そうなのかエリオス!?　うう、ひどすぎる……ずるすぎる……！」

つい答えを返してやると、マオウルドットはしくしくと泣き始める。

「マオウルドット、あなたが人化したいだなんて初めて聞いたわよ！」

「うるさい！　オレだって今までそんなこと思ってなかったけど、そいつらだけ人化したら羨ましいだろ！」

「あらあら……」

そんなマオウルドットをよそにこそこそと何かを相談している猫たち。

耳をすませて聞いてみると、「ルシルは、喧嘩になるから、最初はみんなだめね」と言っている。

何の話をしているんだろう？

すると、パッと顔を上げ、それぞれぴょんぴょんと跳ねるように走り出した。

「アリーチェ、ぼくのこと抱っこして！」

「え、え！　あ、あなた、本当にジャックなの……？」

驚きながら、飛びついてきたジャックを抱き留めるアリーチェ。

「じゃあ～マーズは、フェリクスにする～。えへへ、フェリクス、呪いがなくなったから、もうマーズのこと、抱っこできるねえ」

「あ、ああ、ええ」

可愛く小首を傾げながら、「嬉しいでしょ？」と言わんばかりのマーズに、フェリクスは戸惑いながらもおずおずと手を伸ばす。

なるほど、人の体で誰かに抱っこしてほしかったんだ。……確かに、リリーベルはナシにしないと、誰が一番に抱っこしてもらうかで喧嘩になっちゃうよね。

そう納得していると、僕の前にミシェルが立った。

「エリオスは、あたちなの！　ほら、早く、あたちを抱っこするのよう！」

「……僕もなの？」

予想外のことに、つい目が泳いでしまう。……あはは、これじゃあ、フェリクスのことを笑えないよね。

抱っこされるのが当然とばかりにふんぞり返っているミシェルが眩しい。この子は、この子たちは、愛をもらえることが当然だった子たちだ。リリーベルと同じ。自分が愛されることを疑っていない。疑うことなど思いつきもしない。

……いいなあ。

だけど、そんなミシェルの体が、ひょいっと現れた腕に攫《さら》われていく。

「おいおい、お前、人の姿になってもかっわいいな～!!　ねえ、さっきまでお前たちを守ってたの、俺だったんだけど？」

「ああ～!!　カインじゃない！　あたちを抱っこするの、カインじゃないのにぃ！　シャ――!!」

「ええ、なんでいつも俺だけ威嚇されてんの……」

そういえば、カインはいつもミシェルに威嚇されていたなあと思い出す。だけど、そんなことはお構いなしにカインはデレデレとミシェルに頬ずりをしては嫌がられている。

ねえ、君たちには分かるかな？　そんな光景だって、僕にはとっても眩しいんだ。だってこれは、幸せそのものの光景なんだから。

するど、そんな僕に、明るい声がかけられた。

「じゃあ、エリオスは私ね！」

「えっ？　……わあっ!?」

振り向いた時には、僕の体はもうリリーベルに抱き上げられていた。

「ミシェルは、また今度エリオスに抱っこしてもらいなさい！　今日は私がエリオスを抱っこするんだから！」

それぞれ抱っこされた状態で、猫たちがズルいズルいと声を上げる。

僕は、何も言葉を発せなかった。胸が、いっぱいで。

……ああ、なんて幸せなんだろう。僕に、こんな幸せが訪れる日が来るなんて。

思わずリリーベルの首に縋りつくと、優しい笑い声が降ってくる。

「うふふ、エリオスも、まだまだ甘えん坊さんねえ。これからいくらでも、私に甘えていいのよ！」

そう、これから。僕にはこれからがある。これからがあるんだ。

だけどその時、突然、さっき覚えた違和感の正体に気がついた。

そうだ。魔力だ。僕は魔力を感じるのが得意だったはずなのに、三匹の正体を、マオウルドットに言われるまで気づかなかった。人化するほどなんだから、その魔力は今までにないほど大きくなっているはずなのに。

自分の体を探ろうとしてみる。けれど、上手くいかない。

……まさか？

「エリオス？　どうかしたの？」

そう聞いてくるリリーベルに、僕は呆然と告げる。

「魔力がない……僕、魔力が全くなくなってる……」

どうしよう……魔力のない僕なんて、リリーベルの何の役にも立てない……。

そうゾッとする僕に、リリーベルは驚いた目を向ける。

「あら、そうなの！　だけど、まあ、大丈夫よ。魔力がなくなったって、きっと未来は楽しいわよ！

いいえ、私が楽しくしてあげるわね!!」

――ああ、本当に、どれだけ僕に幸せをくれるんだろう。

「ありがとう、リリーベル……ううん、いいや、ルシル」

初めて呼んだその名前は、くすぐったくて、なんだか少し照れてしまうけれど、一瞬目を丸くしたルシルが、すごくすごく嬉しそうに笑ってくれたから、僕はますます幸せな気持ちになった。

僕に、その名前を呼ぶ資格はないと思っていた。過去にしか生きられない、未来のない僕には。

だけど、ルシルが、僕を助けてくれたから。僕に未来をくれたから。

ねえ、ルシル。魔力はなくなってしまったけれど、僕はきっと、ルシルをもっと笑顔にしてあげられるような大人になるね。


まさかの展開で、ジャックとマーズとミシェルがなんと人化してしまったわ！

エリオスによると、どうやら私が悪魔の魔力を変換してばらまいたものを大量に取り込んだことで、精霊としての力と格が上がって、そういうことができるようになったんだろうということだけれど、とても驚いてしまった。

それを見ていたマオウルドットは自分も人化したい！　と思いついたようなわがままを言い出すし、三匹……人化している間は三人と言うべきかしら？　とにかく、ジャックとマーズとミシェルは初めての人型の体に大興奮ではしゃいでいるし、まずそもそもとしてレーウェンフックを包み込んでいた呪いがすっかりなくなるという喜ばしいこともあったわけだし、その場は色々な意味で大盛り上がりだった。

とりあえず、現状を確認しようと思い、人化した三人にあれこれやらせてみた結果、なんと猫ちゃんの姿にも自由に戻れるし、好きな時に好きなだけ人化できるということが分かった。

そうやってやっと落ち着き始めた頃に、アリーチェ様がたまりかねたように声を上げる。

「ねえ、ちょっと待ってくれる？　そろそろ聞いてもいいかしら？」

アリーチェ様は、相変わらずシクシクとこれ見よがしに泣いて見せているマオウルドットを抱いて、よしよしと撫でて甘やかしながらも、なんだかとっても微妙な顔をしている。

ちなみにマオウルドット、あなたのそれが嘘泣きだって、私にはバレバレですからね！

「アリーチェ様、どうしました？」

これはマオウルドットにつっこんではいけないやつだわ、となんでもないような顔をしてアリーチェ様に尋ねると、そう聞かれるのを待ってましたとばかりにアリーチェ様は一つ、唸り声を上げて話し始める。

「ぐうう、もうだめ、我慢できない！　ねえ、悪魔の魔力って何!?　人化した猫ちゃんたちも、大きくなったマオちゃまも、門の外がもはやジャングル状態なのも、何もかも理解できないんだけど!?」

……まあ。確かに、アリーチェ様からすれば、わけの分からないことが一気に起こっているんだものね。その混乱は当然のことだわ。

ちなみに、正直言って、私としても色々想定外のことが起こっているし、多分ずっと一緒にいたフェリクス様やカイン様もそんなに理解できていないのではないかしらと思うけれど、それは言ってはいけない気がして黙ったままでいることにする。

アリーチェ様の勢いは止まらない。

「それに、一番聞き捨てならないのはルシルお姉様の発言よっ！」

「わ、私？」

起こっていた出来事に焦点が当たっているかと思いきや、突然話の矛先が私個人に向いて思わず驚いた声を上げてしまう。

私の発言が聞き捨てならないって、私、何かそんなにおかしなことを口にしたかしら？

そう不思議に思ってつい首を傾げてしまったのだけれど、そんな私を見て、アリーチェ様はますますヒートアップしていく。

「ルシルお姉様！『私が猫だった頃』って何!? 信じられない奇跡を起こしたアイテムが、『飼い主の一人が作った』ものってどういうこと!? それから、さっきエリオス様は一度、ルシルお姉様のことを『リリーベル』と呼んだわよね!?」

「ああっ!?」

そうだったわね。私が猫だったこと、フェリクス様たちにはサクッと伝えておいたけれど、アリーチェ様はその場にいなかったから、何も知らないままだったんだわ！

「もうっ、何から何まで分からないわ！ 全部分かるように説明してちょうだい！」

フェリクス様にも後で説明してくれって言われてそれきりになっていたし、ちょうどいいから色々と説明しておこうかしら。

「そうですね、色々とお話ししたいので、とりあえず室内に移動しませんか？ ずっと立っているのもなんですし。ええと」

私は目の前の離れに視線を向ける。……わあ、さっきまで大きくなったマオウルドットの手足が生えたみたいになっていた建物は、手足が抜けてさっき以上にボロボロになってしまっているわね！　残った部分が崩れ落ちていないことがすごいと思える有様だわ。

「……本邸の方に入ろう」

フェリクス様のその言葉に甘えることにして、私たちは本邸の方へ移動した。

本邸の応接室に皆で座り、一息つくと、私は約束通り、今まで黙っていたことを話し始めた。

私の前世が『リリーベル』という名前の世界一愛された猫だったことから始まり、最初の飼い主が偉大な魔法使いで、その魔法で長い寿命を得たこと、長く生きる中で、多くの飼い主とともに過ごしたこと、エリオスが最後の飼い主だったこと、私がエリオスの代わりに悪魔の生贄になってしまったこと、レーウェンフックが呪いを受けた経緯、どうやってその呪いを解くことができたのか……。

合間合間に、投げかけられる質問に答えながら、思いつくままに説明していく。

私は呆然と聞いているフェリクス様とエルヴィラのことをチラと見ながら考える。

(うーん、予知夢の内容は、話さなくていいわよね！)

どう見ても、今の二人は想い合っているようには見えない。これからどうなるかは分からないけれど、未来が完全に変わり、私が運命に干渉できてしまったかもしれない今、二人の仲がどう進むかは分からないし、分からなくていいと思うのだ。

（人の恋路に必要以上に干渉するのって、どう考えたって野暮だもの）

現時点でそれぞれがお互いをどう思っているかは分からないけれど、どう思っているにしろ、突然『実はあなたたちは、私が見た予知夢の中でとっても想い合っている恋人同士で、私がいなくなった後は結婚までした仲でしたー！』と言われてしまっても困るわよね。

そう考えて、その辺は曖昧に濁しておいた。

「信じられない……。信じられないのに、そうだと考えると色々なことが腑に落ちちゃうわ……」

話を聞き終わったアリーチェ様がぽつりとこぼす。

確かに、色々なことを一気に話したから、なかなかすぐには全てを受け入れられないわよねえと思い、話すべきことを話し終わった私はサラが淹れてくれたお茶で呑気に喉を潤す。

するとアリーチェ様は突然何かに思い至ったように、ハッと息をのんだ。

「待って。最初の飼い主が偉大なる魔法使いで、次が聖女と呼ばれた人で、次が冒険する料理人で、次がモノづくりがとっても得意な大商人で……ところどころおかしいけれど、妙に符合するわ。まさか、まさかだと思うのだけれど、ルシルお姉様の前世、リリーベルの飼い主たちってまさか」

ブルブルと震え始めたアリーチェ様。

ええと、大丈夫かしら？

「あの、ルシルお姉様？　飼い主たちの具体的なお名前を聞いてもいいかしら？」

「構いませんよ！　最初がアリス様で、次がクラリッサ様、それからマシューに、コンラッド、ローゼリア、ヒナコ、エフレン……えへへ、野良猫だったこともあったんですけど」

「う、う、うんめいのえいゆうさま――――!!」

アリーチェ様は突然大絶叫した。

その叫びを聞いて、そうだったそうだった！　と思い出す。

「ああ、そうでしたね！　アリーチェ様からお借りして読んだ文献を見て、私もびっくりしました！　まさか、私の歴代飼い主たちがアリーチェ様の言う『運命の英雄様』だとは思わなかったので。当時はそんな名前で呼ばれていなかったんですよ？」

そう言いながら、ふと、ひょっとしたら私や本人が知らなかっただけで、周りはこっそりとそう呼んでいた可能性はあるのかしら？　なんて考えていた。

そんな私に向かって、アリーチェ様はさらに質問を続ける。顔色がすごいことになっているけれど、大丈夫なのかしら？

「ウッ、ここで気絶するような、今までの私とは違うのよっ！　こんな奇跡みたいな話、聞き逃せるわけないじゃあないの……！　ルシルお姉様？　念のために確認したいのだけど、お姉様の前世、『リリーベル』は、どんな見た目の猫ちゃんだったの？」

「うふふ！　それはそれは可愛い白猫だったんですよ！　真っ白でふわふわな毛並みに、宝石のような青い瞳が本当に魅力的だって、どの飼い主も褒めてくれていましたし！　クラリッサ様のお側にいる時には、クラリッサ様のお仕事と私のあまりの可愛さのせいで、『聖なる猫』なんて呼ばれていたりもしたんですから!!」

リリーベルである私がいかに可愛かったかを話せるのが嬉しくて、私は得意げな顔でふん！　と胸を張り、過去の呼び名を披露した。まあ、当時は『聖なる猫だなんて、みんなとんでもない勘違いしてるのね～』なんて思っていたわけだけどね。

私の予想では、アリーチェ様はリリーベルだった頃の私のとんでもない可愛さを想像して、『まあ、それは皆に愛されるわけよね！』なんて感心してくれるのではないかしらと思っていたのだけれど。

「せ、聖獣様ご本人じゃないの――――!!」

「え、え、アリーチェ様っ!?」

私の予想に反して、アリーチェ様はさっきよりも激しく絶叫すると、今度こそパタリと気絶してしまったのだった。

「……今のはルシルが悪いよねえ。ルシルって、リリーベルだった時から、自分のすごさに気づいているように見えて、実際のところは全然分かっていないんだから」

「ええ!?」

なんてこと！　全く心外なことを言われているのに、なぜだか皆が納得したように頷いているせいで、とてもじゃないけど反論できる空気じゃないわ……！

俺――フェリクス・レーウェンフックは、たった今、人生を変える出来事にあった。

いや、恐らくこれは俺の人生を変えるなどというスケールの小さい話ではなく、世界が変わる瞬間だったのではないだろうか。

そう思うほどの奇跡。まるで幸せというものをこの世界というキャンバスを使って直接描き出したかのような美しい光景。すっかり場が落ち着き、屋敷の応接室にいてさえなお、竪琴の躍るような音色が耳から離れない。

温かく眩い光の粒が、全身を包み込んだあの瞬間、一瞬今が本当に現実なのか自信がなくなった。

それほど夢のような時間だったのだ。

俺自身の変化としてはとにかく体が軽い。驚くほどに、気分がいい。

けれど、それ以上に、今まで感じたことのないほど、心が解放感に溢れていた。

正直、まだ完全に事態を飲み込めてはいないのだ。

だって、そうだろう? 誰が想像できるだろうか。生まれた時からずっと体の中と、暮らしている土地に存在し、解けることはないのだと思っていた呪い。その呪いが、ある日突然消え去るなど。思い描いたことがないとは言わない。しかし、あまりにも非現実的すぎて、夢のまた夢の願いだった。

夢だと思っているうちは、それは叶わない。叶わないから、それでも手を伸ばしたくなってしまうから、だから夢なのだ。

それが、今、叶った。

夢に見たよりも、何倍も美しく、幸せな形でだ。

――この呪いがなければ、ルシルの手を傷つけることなく、その手に触れることができるのに。

そう思ったことはあったが、まさかそのルシルが、俺を引っ張り上げるような形で、この夢を叶えてくれるとは思わなかった。

「いや、この呪い自体が、ルシルの前世――リリーベルと関わりがあったのか」

話ははるか遠く、リリーベルだったルシルが前の生を終えた経緯にまで及んだ。大賢者殿がまさか彼女の前世の最後の飼い主だったとは。まあ、飼い主といえど、むしろリリーベルが子供だった大賢者殿の保護者のようなものだったらしいが。

だから彼女はあれほど大賢者殿を気にかけていたのか。それを聞いて俺は納得した。心優しく、愛に溢れたルシルが、長い時が経ち自らの在り方が変わったからといって、そんな大事な存在を慈しまずにいられるわけがないのだから。

「フェリクス様？　どうかされました？」

俺の呟きを拾って、アリーチェを介抱していたルシルが不思議そうに首を傾げる。

「いや、なんでもないんだ」

アリーチェの気持ちも分かる。まさか自分が『お姉様』と慕うルシルが、強く憧れていた『運命の英雄』と深く関わっていた存在であり、運命の英雄をその存在たらしめていたと言っても過言ではない聖獣の生まれ変わりであるなど、それこそ予想もつかない真実だ。

「ふふ……」

あまりに驚くことばかりで、もはや笑えてくる。けれど、決して嫌な気分ではない。

俺の中にあった呪いが、ルシルと繋がっていた。彼女の最後を思えば胸が潰れそうなほど苦しくなるが、俺は呪われていたおかげでルシルと出会えたようなものだ。

呪われていたのが、俺でよかった。他の者が呪いに苦しまずに済んでよかったなどと、殊勝な気持ちからなどではなく、呪われていたのが俺以外だったなら、ひょっとすると運命は変わり、ルシルと深く繋がりを持つことになったのは俺以外だったかもしれないと気づき、ゾッとしたのだ。

そもそもルシルがこのレーウェンフックにやってきたのは、『呪われ辺境伯』と呼ばれ、恐れられ嫌われていた俺との婚約を罰として命じられたからだったしな。そう考えると、あれほど腹立たしく思っていたバーナード殿下にも感謝の気持ちが湧いてくるというものだ。はは、我ながら現金だな。

だけど、そう、俺は今、感謝していた。良いものも悪いものも区別なく、ルシルと出会わせてくれた全ての存在、要因に向けて。

まさかこれほど苦しめられた呪いの存在に、感謝する日が来ようとは。

大賢者殿は、アリーチェを心配するルシルを、どこか呆れたような目で見守っている。

「そりゃそうなるよ、ルシル」などと呟きながら。

しかし、そのある種の鈍感さが彼女の良さでもあるのだから、どうしようもないよな。

大賢者殿を見ながら、俺は考える。彼は特別な存在だ。しかし、『魔力がなくなっている』と言っていた。恐らく、長い時間を生きた反動なのか、言葉を選ばずに言うならば、今の大賢者殿は『大賢者』ではなく、『普通の人間』となったのだろう。それにしても大賢者、大賢者と我ながらややこしいな。エリオス殿、でいいだろうか。

普通の人間となったエリオス殿は、恐らく曖昧な存在になる。この時代の人間としての存在を保証していたのは、大賢者としての特別な地位だったのだ。

「ルシル、エリオス殿、ちょっといいだろうか。相談があるんだ」

「なんでしょう?」

「僕も?」

ひょっとすると、当人にとっては迷惑でしかないかもしれない。しかし、これを提案できるのは、この場で俺だけだ。

「エリオス殿を、正式にレーウェンフックの一員として迎えたいと思うのだが、どうだろうか。その、エリオス殿自身が、嫌でなければだが」

「え……」

「まあ!」

ルシルは嬉しそうに目を輝かせ、エリオス殿の瞳は戸惑いに揺れた。

そもそもエリオス殿はレーウェンフックの生まれだったわけだが、そのレーウェンフックに忌むべき存在として売られ、生贄として飼われるなどという暗い時間を過ごしたわけだ。今更レーウェンフックの一員になどなりたくないかもしれない。

しかし、どう考えてもこれが一番なのではないかと思えた。全ての事情を知るのはここにいる者たちだけであるわけだし。恐らく彼はルシルの側にいたいに違いないし、ルシルも彼を一人にはしないだろう。だが、俺はルシルが出て行くなど、万が一にも考えられない。

どこか迷うような、ためらうようなエリオス殿に、俺はもう一言付け加える。

「その場合、俺の両親の養子として迎えたい。俺の弟としてだ。どうだろうか」

もう一度問いかけると、エリオス殿は目を見開いて俺を見た。

レーウェンフックに戻るのがエリオス殿にとって最善であることは彼にも分かっているはずだ。

それでも、ためらう理由があることは、俺にも分かる。

本当は現辺境伯である俺の養子に迎えるのが一番なのだろう。しかし、その場合、ルシルがエリオス殿の側にいるために、あまんじて俺の妻という立場に収まる可能性が高くなるのではないだろうか。

――嫌だよな。義理とはいえ、愛する人の息子になるなど。

俺としても、それは嫌だと感じる。ルシルがそんな理由で手に入るなど、とてもじゃないけれどごめんだ。おまけにやっかいな恋敵が息子として一番近くにいるなどいやすぎる。

俺は正々堂々と、ルシルに愛を乞いたい。どれほど時間がかかったとしても、いつか思いを通い合わせることができたらと、そう願っている。

（……まあ、マイナスからのスタートで、なかなか難しいのは分かっているが）

以前カインが言っていた言葉を改めて思い出す。

『お前はいつか今日のことを後悔するよ』

ああ、そうだな。もう後悔しっぱなしだ。だけど、過去はもう取り返しがつかない。いつだって今から始めるしかないから。

やがて、エリオス殿が目を潤ませ、おずおずと口を開いた。

「………………いいの？」

「もちろんだ」

ルシルが顔を綻ばせ、俺の側に寄り、手を握ってきた。

ずっと触れたかったその手が、ためらいなく俺の手に温もりを移す。

「ありがとうございます、フェリクス様‼　ああ、なんてこと！　今日は本当にとってもいい日だわ！」

手の温もりと、間近で自分に向けられる可愛い笑顔に、思わず顔に熱が集まるのを感じる。俺の顔は今、隠しようもなく赤くなっているのではないだろうか？

だけれど、少しずつでも、気持ちを伝えていかねば、伝わるものも伝わらない。

「……エリオス殿は間違いなく血縁であるわけだしな。それに君が大事に思う人は、俺にとっても大事な人だ。お、俺は、ルシルを、あ、愛しているからな」

拒絶される覚悟もしていたが、俺の言葉に一瞬キョトンとしたルシルは、すぐに満面の笑みに変わった。

こ、これは、好感触なのではないか……⁉

「私もフェリクス様のこと、大事に思っていますわ！　愛しています！」

「っ!!　る、るしる」

一瞬で天国が見えた。が。

「うふふ！　それに、エリオスも、アリーチェ様も、マオウルドットもカイン様も、ジャックもマーズもミシェルもみんなみんな愛しているわ！　もちろんランじいもサラも、他のみんなも！　このレーウェンフックには私の大事な存在がたくさんで、愛する皆に愛してもらえて、私、幸せです！」

…………あ、そういう…………。

いくら夢よりも夢のような現実を手に入れたからといって、現実は夢のようには甘くないようだ。いや、俺は何を言っているんだ。

ポンと肩を叩かれる。振り向くと、哀れみをにじませたカインが頷いていた。

「最初からお前が誠実にルシルちゃんと向き合っていれば、ここまで難しくなかったかもな〜。まあどうにか頑張れ！」

生温かい笑みを浮かべたカインの励ましが胸に突き刺さる。

そんな俺たちの様子に気がついたのか、人化した三人やサラたちに囲まれたルシルをよそに、こっそりとエリオスが近づいてきた。

「あのね、ルシルは前世、愛されまくった猫なわけ。つまり深く深く愛されることに慣れているし、過剰な愛情表現を受けることが普通になっちゃっているから、ちょっとやそっとじゃ伝わらないよ。

これから苦労するね、お兄ちゃん」

　おい、半笑いで哀れんでくるのはやめろ。

　エリオスはさらに続ける。

「僕はやっとこれから大人になれそうだからさ。呪いで苦しませてしまったお詫びと、ルシルのお願いを聞いて全身に傷を受けて、僕をレーウェンフックに受け入れてくれるお礼に、僕が大人になるまでは、ちょっとくらいなら応援してあげる。どうせ今の子供のままの僕じゃ、難しいしね。ルシルが幸せになれるなら、それが一番だし。だけど、大人になった時にまだルシルを振り向かせることができていなかったら、その時は遠慮しないから」

　ニッコリと笑うエリオス。

「…………ありがとう」

　もはや、そう言うしかなかった。

　まあ、いい。最初に間違えた分、これは俺にふさわしい試練だろう。

　まさか想いを通じ合わせることができるかどうかどころか、想いを伝えられるかどうかから始まるとは思わなかったが。

　それでも、ルシルが幸せそうに笑っているから。今はこれで十分幸せだと思う。

　…………ゆっくり頑張ろう。

8章

新たな大賢者、誕生です！

レーウェンフックの呪いが消え去って数週間後。私は久しぶりに王城へ来ていた。

「――ええっと、ちょっと整理させてくれるかい？」

対面のソファに座ったエドガー殿下が額に手を当て、項垂れるようにしてそう言った。なんだか疲れていそうだけれど、大丈夫かしら？

チラッと、隣に座るフェリクス様を見てみる。すると、私の視線に気がついたフェリクス様がこちらを見て、目が合うと肩を竦めて見せた。その顔は『ま、大丈夫だろう』とでも言っているかのようだ。

「その黒くて小さいのははるか昔『運命の英雄』の一人である勇者が封印した魔王――ドラゴンで」

エドガー殿下は私の膝の上でふんぞり返ってくつろいでいるマオウルドットをちらりと見ながら一度言葉を切る。

今回王都に来るにあたって、マオウルドットはどうしても一緒に行く！　と言って聞かなかったのよね。

まあ小さくなっているから一緒に馬車にも乗れるし、何より今回大活躍してくれたマオウルドットの言うことだから、断るのも忍びなくてこうして王城にまで連れてきたのだ。

エドガー殿下に説明するのに、実物のドラゴンがいた方が信じてもらえやすいかなと思った部分もある。封印は相変わらず私の耳に揺れるピアスに紐づいているから、一緒にいれば悪さなんてできないし、まあいいかなと思って。

もちろん、一応エドガー殿下に許可はもらったわよ？（ただし、殿下はなぜか可愛がっている猫でも連れてくるのかと思っていたらしく、一瞬固まっていた。冗談だと思ったのかしら？）

殿下は静かに目を瞑り、続ける。やっぱり疲れているのかもしれないわね。お仕事が忙しいのかしら？

「――そして、ルシル嬢の前世が何百年という長い年月を生きた猫で？　そのドラゴンはルシル嬢と古くからの友人で⁇　さらにドラゴンを封印した張本人である勇者はルシル嬢の前世の飼い主の一人で……？」

エドガー殿下がただ単に自分の中で整理しているのか、確認のために疑問形で話しているのかが分からないため、とりあえず頷いておく。

「大賢者エリオス殿はそのルシル嬢の前世の最後の飼い主で、レーウェンフックの生まれで、悪魔の生贄にされかけて、それが元でレーウェンフックの呪いに繋がり、それからこの姿のまま長い年月を生き続けていて……⁇」

今回、登城するにあたって、フェリクス様と色々と相談したのだ。その結果、エドガー殿下には全て話してしまおうという結論に至った。フェリクス様は最初、「本当に全て打ち明けてしまってもいいのか？」と心配そうにしていたけれど、別に知られて困ることは何もないし。

それよりも、打ち明けてしまった方が色々とスムーズにいきそうだなと思って、私としてはためらいもなかった。エリオスも「僕はルシルに任せるよ」と言ってくれたし。

そのエリオスは今、フェリクス様とは反対側の一人掛けのソファに座って出されたお菓子を美味しそうに食べている。

「……その、何代にもわたりレーウェンフックを苦しめていた呪いが解けたら、エリオス殿の魔力はすっかりなくなった上に止まっていた彼の時も流れ出し、ただの人になったと。おまけに呪いを解いたのはルシル嬢……」

概《おおむ》ね合っているけれど、一つだけ訂正しておかなくてはいけないわね。

「私が呪いを解いたというわけではなくて、皆の力を合わせた結果です！」

すると、今の今まで黙ってふんぞり返っていたマオウルドットがすかさず口を挟む。

「オレが一番頑張った！」

「うんうん、そうね、マオウルドット！　間違いなく、あなたの活躍が一番大きかったわ！」

「ふん！　そうだろ！」

呑気にそんなやりとりをしていると、エドガー殿下は大きなため息をついた。ああ、やっぱり、お疲れなんだわ！　そんな時にこうして時間を作ってくださって、本当に良い方よね。

「ちなみに補足すると、勇者だけでなく、歴代の『運命の英雄』は全てルシルの前世、リリーベルの飼い主だったようです」

「ねえ、つまりそれって、ルシル嬢の前世が『運命の英雄』を英雄たらしめていたという、伝説の聖獣だったってことだよね？　本当に、君らは世間話をするように軽く言うよな。どう考えても話が重いんだけど……」

フェリクス様がしれっと情報を付け加えると、エドガー殿下はついに両手で顔を覆ってしまった。

しかし、すぐに気を取り直して、いつもの笑みを浮かべると、私に向き直る。切り替えが早い。こういうところがさすが王族だと思うわ。

「それで、今日はエリオス殿をレーウェンフックの養子に迎え入れるための手続きに来たんだよね?」

「はい。エドガー殿下のお力添えを頂けないかと思いまして」

エリオスをフェリクス様のご両親の養子に迎えることは、私たちの中ではすぐに決まった。今日までの間にご両親の許可も得ることができたし、準備は着々と進んでいる。

だけど、一つだけ問題があったのだ。

「まあ、エリオス殿の存在は特別だからね」

そう、エリオスは、今の時代には正式には『存在しない』ことになっている。

もちろん、裕福な者が貧民街に暮らす孤児などを養子として迎えることも、稀だけれどないわけではない。そのため、手段としてはどうとでもできるのだけれど、エリオスはこれまで王家の管理下にいたわけで。このまま勝手にエリオスを養子に迎えることはできないのよね。

どちらにしろ、魔力を失った今、これまでのように『大賢者』として王家の力になることはできない。そのため全ての事情を話し、王家の管理から外れ、ついでに養子に迎える手続きを済ませてしまおうということになったわけだ。

つまり、義理を通すために『一応事前にきちんと全て説明しておきましょう』くらいの話のつもりだったのだけれど。

エドガー殿下は先ほどまでの戸惑った様子が嘘のように、にっこりとてもいい笑みを浮かべるとこう告げた。

「一つだけ、条件がある」

「条件、ですか？」

思わず聞き返す私。隣に座ったフェリクス様が警戒したのが分かった。さっきまでお菓子に夢中だったエリオスも顔を上げて殿下の方に視線を向ける。

何も気にしていないのはマオウルドットだけで、飽きて眠くなったのか、私のお腹に顔を押し付けて丸くなっている。

そんな私たちの様子に、エドガー殿下は慌てて言い直した。

「条件というか、お願いだね。うっ、だから、フェリクス殿、そう圧をかけるのはやめてくれ……」

(圧？)

不思議に思ってフェリクス様を見るも、別に普通にすましている。さっきの警戒心が、エドガー殿下には圧のように感じられたのかしら？

「ハア……ルシル嬢を取り上げたりなどしないから、落ち着いてくれ」

「それならいいです。それで、お願いとは？」

あら？　いつのまにかフェリクス様がメインで話しているわね？　まあ別になんでもいいのだけど。

ちょっと怯《ひる》んだ様子のエドガー殿下は、空気を変えるように咳払いを一つすると、私の目を見て言った。

「ルシル嬢。エリオス殿の後を継いで、君が次の『大賢者』になってくれないかな？」

……えぇっと？

「あの、私が次の『大賢者』様になる、とは？」

言われた内容に戸惑って思わず聞き返すと、エドガー殿下は深く頷いた。

「そのままの意味だよ」

……私が、大賢者になる。

うーんと、それってつまりどうなるのかしら？　もしも私がそれを承諾した場合の想像が全くつかなくて困ってしまう。

すると、そんな私に気がついたのか、エドガー殿下は説明を付け加える。

「大賢者になると言っても、普段の君の生活や立場が何か変わるわけではないんだ。華々しく大賢者就任のお披露目をしたり、有名になってもらったりする必要はないしね。そもそもエリオス殿だって、その名と存在は隠されていたわけではないけれど、実態を知っている者などほとんどいなかったわけだし」

「確かにそうですね」

「ただ、この世界に呪いという絶望が存在している限り、それを解くことができる力という希望に救われる人が存在する。これまではそれが大賢者エリオス殿だったわけだ」

なるほど。恐らく、もともと呪いを解く力を持つ者イコール大賢者だったわけではないのだろう。だけれど、エリオスが呪いを研究し尽くし、それを解く力を誰よりも高め、そのうち大賢者と呼ばれるようになったことで、その地位が確立されたのではないかと思う。

そして、力を失ったエリオスは、このまま大賢者であり続けることはできない。

エドガー殿下は居住まいを正すと、改めて私を真摯《しんし》に見つめた。

「ルシル嬢。改めてお願いしたい。エリオス殿に代わって大賢者となり、王家から依頼する解呪を請け負ってもらえないだろうか？　あれほど強く、長い年月はびこり続けたレーウェンフックの呪いを解いた君にしか頼めないんだ。もちろん、大賢者が王家の依頼で解呪を請け負っていること自体は公にされてはいないことであり、従ってこの頼みは公式のものではない。だから、君には断る権利がある」

なるほど、だからか、と納得する。なぜなら、今私たちがいるのは殿下の執務室で、正式な謁見などではないからだ。もしもこれが公の場ならば、私を大賢者にというお願いは『お願い』という名の『命令』でしかなくなってしまう。

エドガー殿下は本当に私に選ばせてくれるということね。

だけれど、私には特に迷いなどもなかった。

大賢者がどうとか、そういうのはおいておいて、私には、今回の件で感じたことがあるのよね。

それは、悪魔は昔から変わらないということ。

はっきりと明言はされていないから、知らない人も多いのだけれど、呪いの力は悪魔の力だ。呪いを解く方法は様々あって、一番効果的でどんな呪いにも対応できるのが、悪魔をも上回る強い光属性の魔力……つまり、エルヴィラのように、人が聖女と呼ばれるほどの力。

私がリリーベルの頃には、闇の魔法を使う人も、光の魔法を使う人も多かったけれど、今はその数がとても減っているように思うのよね。長い年月の間に、きっと色んなことがあって、昔よりもずっと稀有な力になってしまったんだと思う。

（闇の魔法を使うからって、呪いをかけたなんて私が冤罪をこうむるくらいだもの。正しい情報があまり知られていない証拠だわ）

まああれは、バーナード殿下がとんでも勘違いをしていただけといえばそれまでだけど……。

それはさておき、光の魔法を使える人がとても少なくなっているということは、呪いを解ける人も少なくなっているということ。そして、エリオスが大賢者として長い間活躍していたことからも分かるように、それ以外の方法でも呪いを解くことができる人が、今はほとんどいないんだろう。

リリーベルだった私の歴代飼い主たちは、皆呪いを解く力を持っていた。だから、私は色んな呪いの解き方を知っている。

それなら、やらないっていう選択肢はないわよね！

だって、誰かがどこかで苦しんでいて、それを私なら助けることができるんだもの。

「私にどこまでできるかは分かりませんが、できる範囲のご協力はさせていただきたいと思います」

だから私はそう言って、エドガー殿下に向かって承諾の気持ちを込めて頭を下げた。

エドガー殿下は安心したように微笑む。

「ああ……よかった。もちろん、ルシル嬢に解けない呪いがあったとして、そのことで君が責任を負うなんてことはないから安心して。それから、大賢者であることを知らしめる必要はないけど、隠す必要もないから、場合によってはその肩書きを利用してくれて構わない」

それって、結構破格の対応なのじゃないかしら？　だって、たまに王家の依頼を受けて解呪の協力をするだけで、私は『大賢者』という権力を手に入れるということでしょう？

もちろん、その力を無闇に使うつもりはないけれど。だけどいざという時にその身分を明かしても問題ないというのはありがたいわよね。

いつぞやの、万能薬を配って回った時のことを思い浮かべる。あの時だって、私がまるで天使であるかのような噂が広まった後は、とってもすんなり薬を受け取ってもらえるようになったものだ。

まあ、あの噂は今思い出してもちょっとどうかとは思うんだけどね？

まあそれはともかく、こうして私は、エリオスから『大賢者』を引き継ぐことになったのだ。

ふふん！　大賢者ルシル、誕生です！


大賢者を拝命し、王城からレーウェンフックに戻った私は、本邸にお部屋をいただいてそこで暮らすようになっていた。離れはとても住めるような状態じゃなくなってしまっていたから。

本当は、魔法を使えば修復するのにそんなに時間もお金もかからないのだけど……。『せっかく呪いが解けたのだから、離れは完全に取り壊して、庭園を広げよう』

フェリクス様がそんな提案をしてくれたものだから、受け入れることにしたのだ。

作物も、植物も、なかなか育たない地だったレーウェンフック。ついに呪いが解けて、もはやジャングルになっているレーウェンフック……。その光景を見て、フェリクス様が庭園を広げたいと思うのも無理はない。

それに、私がランじいと育てた野菜を食べた時のフェリクス様は、すごく感激している様子だったのよね！　きっとこれまで食べたどの野菜よりも美味しかったことに衝撃を受けたに違いない。なんたって私とランじいの愛情をたっぷりと受けて育った野菜ですから！

庭園を広げるということは、恐らく野菜を育てる畑にしてもかまわない部分も広がるはずだ。

私には分かっていた。『庭園を広げよう』という提案は、つまり、もっともっと私とランじいが作った色んな野菜を食べたいということだと！

うふふ、そんなフェリクス様のお願いを無下にはできませんからね。元々離れを気に入っていたし、本邸にお部屋をいただくつもりは全くなかったのだけれど、こうなったからには受け入れようじゃありませんか。

フェリクス様は日当たりのいい一室を私にくださった。

今となっては予知夢のように、フェリクス様がエルヴィラと結ばれることはもうないのだろうなと思う。けれど、きっといつかはフェリクス様の運命のヒロインが現れるはずだから、それまではこのお部屋に住まわせてもらおう。

そうして私は平穏に毎日を過ごしているわけだけれど……。

「はあ、まただわ……」

私は思わずため息をついた。部屋の片隅、棚の上に水晶が載っている。これは離れでも持たせてもらっていた通信用水晶のさらに高価版。一体何が違うのかというと、通信が行える範囲が格段に広いのだ。

ちなみに離れに置いていた水晶は、本邸に住むならば必要ないだろうということでフェリクス様にお返しした。結局あの水晶の出番はほとんどなかったわね……。

そんな出番の少なかった水晶と対照的に、とんでもなく働いているのが今私の部屋にある水晶である。そして、今現在もピカピカと淡く点滅しているのだ。

……淡い色で点滅する時は、『緊急ではないから、応答できなくても構わない』という意味なのだとフェリクス様が教えてくれた。ちなみに、離れにあったものは性能が少しだけ落ちるため、連絡の緊急性の違いで水晶の光り方が違うなんてことはなかったらしい。

それを最初に聞いた時には、応答できなくてもいい連絡なんてあるのかしら？　そして、応答できなくてもいいのに、この水晶の先にいる人が連絡してくることなんてあるのかしら？　と首を傾げたものだ。

なぜなら、この水晶を私に持たせたのは、この国で一番忙しいと言っても過言ではないはずの、エドガー殿下なのだから……。

それなのに、少し様子を見ている間も、ずっと水晶は点滅している……。

（エドガー殿下、暇なのかしら？）

そんなわけがないのに、ついついそう思ってしまうくらいには点滅している……。

そして、この淡い点滅が『応答できなくてもいい連絡』であることは間違いないと、何度か水晶での通信をするうちに身をもって実感してしまった。なぜなら――。

『ルシル嬢、君の育てた野菜が美味しいという話を聞いたのだけど、普通の野菜と何か違う育て方をしているのかな？』

とか、

『ルシル嬢、今度はぜひお忍びで王都に遊びに来ないかい？　私に連絡をくれれば、いつだって特別な待遇を用意しよう。もちろん、フェリクス殿には内緒でね』

とか……。

はっきり言おう。どうでもいい連絡ばかりたくさん来るんですけど……！

おまけに、あろうことかエドガー殿下が水晶の向こうから『フェリクス殿には内緒でね』と言ったあたりでタイミング悪くフェリクス様が私の部屋を訪ねてきてしまい、ばっちり聞かれたそれによって不機嫌になった様子のフェリクス様が、とんでもなく黒いオーラを放つという事態に陥ってしまった。

フェリクス様って、エリオスが一緒に暮らすことになった時も少し複雑そうだったし、人に興味がないように見えて、自分のテリトリーに誰かを迎え入れたりとか、自分をのけ者にして誰かが仲良くしたりすることを案外気にするわよね。

よく考えるとエリオスも同じようなところがあるし、長い年月を挟んではいるけれど、これってやっぱりレーウェンフックの血筋のせいってことなのかしら？

フェリクス様のそんな様子に、最初はどうしてだろうと思っていたけれど、さすがに最近は分かるようになりましたよ。

フェリクス様が、実はとっても寂しがり屋さんなんだって！

ふっふっふ！　マイペースでツンとして見せていても、実は甘えん坊の寂しがり屋さんだった猫ちゃんたちを何匹も何匹も見てきていますからね！

心の奥に隠そうとしているその気持ち、私には丸っとお見通しですよ！

……そんな風にフェリクス様に思いを馳せている間にも、水晶は点滅している。

もちろん、私にはエドガー殿下の思惑だって分かっている。

エドガー殿下はきっと、大賢者を拝命した私の手綱をしっかりと握っていたいのだ。そのために、こまめに連絡をしてきては、私のことを気にかけているアピールをしているのよね。忙しい合間を縫って、他愛のない話をしたいほどに私のことを気に入っていると思わせることで、私がエドガー殿下のお願いを断りにくいなと思うような状況を作りたいに違いない。

「そんなことしなくても、エリオスに代わって大賢者になったからには、私だってちゃんとお役目を果たすつもりなんだけどなー？」

だけどまあ、エドガー殿下は私のことをあまりよく知らないわけだし、不安に思うのも仕方がないのかも。

きっと、私の大賢者としての仕事ぶりを見ていくうちに、段々と安心していくわよね。

そう思い、そろそろ水晶の通信に応えようかとしたところで、フェリクス様が現れて水晶を持って行ってしまった。不満そうな顔をしていたから、ひょっとするとエドガー殿下に苦情を言っているのかもしれない……。

とはいえ、エドガー殿下ももうすぐエドガー陛下になるのだから、こんなにも連絡が来るのは今だけだろうと思うのよね。

「ルシーちゃん！　この作物も随分よく育ったもんだなあ」

「そうね、まさかこんなにも立派になるとは、育て始めた時には想像もしなかったものね」

部屋を出た私はランじいと並んで、すっかり様変わりした裏庭を眺めていた。

悪魔の魔力をマオウルドットから取り出して放出したことによって、驚くほどに植物が急生長したのは、何も屋敷の外ばかりではなくて、この裏庭もだった。

花は瑞々しく綺麗に咲き誇り、木の葉っぱも青々としてとても元気だ。さらに言えば、ランじいにお願いして一緒にお世話をしていた家庭菜園が、もはや『家庭菜園』というレベルに収まらないほどになっていた。

これは……もう本業の畑ね！

私がリリーベルの時から持っていた、この辺ではあまり見ない作物の種や苗も、これでもかとばかりに育っている。これは……ヒナコやマシューがいた頃によく食べていた料理をレーウェンフックの皆に振る舞える日も近いわね！

私が育てた作物で、私が作った料理を食べて喜ぶ皆の顔を想像して、ついニマニマしてしまう。

「ルシル、楽しそうだね」

「ええ、とっても楽しいわ！」

そんな私を見て、エリオスがニッコリ笑って声をかけてくるので、私は素直に頷いた。だって本当に楽しくて仕方がないんだもの！

思い返してみれば、レーウェンフックに来てからは、ずっといいことばかりだわ。

フェリクス様は思っていたよりかっこよくて優しかったし、ランじいやサラ、アリーチェ様という素敵なお友達もできた。リリーベルの時の経験を活かして万能薬でいろんな人を助けることもできたし、バーナード殿下のいいところを見つけられたことも、ここに来なければどうなっていたかは分からない。

マオウルドットも一緒に暮らせるようになったし、レーウェンフックの呪いは解けたし、猫ちゃんたちはジャック・マーズ・ミシェルを含めみんな相変わらず可愛いし、これからはエリオスもずっと一緒にいられる。

予知夢で見た未来の、辛い部分だけが、現実にならなかった。

（結局、運命を変えられたかどうかはよく分からないけど）

アリス様が言っていた予知夢の理《ことわり》を覆して、私が運命を変えたのかもしれない。だけど、私が運命だと思っていた部分が、そうじゃなかっただけの話かもしれない。

（だけど、そんなのどっちだっていいわよね！）

だって、こうして大満足の今を迎えているんだから。

——エルヴィラも、この結果に納得してくれているといいんだけど……。

そう思っていたある日、予知夢から大きく未来の変わったエルヴィラは、なんとこの国を出ることにしたと伝えに来た。

「私はルシル様の選択に納得がいきませんでした。フェリクス様に苦痛を強いて、呪いの元凶とも言えるエリオス様を優先させたこと……あれでよかったって言えるのは、結果的にみんな助かったからです。実際はフェリクス様の身に何があってもおかしくなかったと思います」

「まあ、絶対になかったとは言えないわね。あれが私のわがままだったことは間違いないもの」

本当ならば、全てエルヴィラの力で解決できるはずだった。そしてフェリクス様は苦しまず、二人は愛し合う。エルヴィラは今のこの現実よりも、予知夢の通りの方が幸せだったかもしれない。

だから、エルヴィラには私を責める権利がある。そう思って、受け止める覚悟で、その声に耳を傾けていたのだけれど。

「……だけど、今、みんな、とても幸せそうです。……フェリクス様も」

エルヴィラはとても穏やかな、だけどどこか少し切なげな顔でレーウェンフックを見渡す。

「私以外、みんなルシル様の決断に納得していました。いいえ、納得どころか信頼しかなかった。

その結果がどうなろうと、みんな満足だったんだろうなって思ったんです。……私は、今でも自分の考えが間違っていたとは思っていません。だけど、私が正しいわけでもなかったんだって、気づきました」

そして私を見つめ、微笑んだ。

「正解なんて、ないんですよね。私の考えは間違っていないから正しいんだなんて、そんな愚かで傲慢な自分に気がつきました。とっても恥ずかしいです。私、そんな自分を見つめ直して、身も心も強い聖女になるために、国を出ます」

「エルヴィラ様……」

エルヴィラはもうとっくに身も心も正しくて強い聖女様だわ！　そう思ったけれど、きっとエルヴィラはそんな言葉を望んでいない。上を目指している人に、もう十分素晴らしいだなんて言うのは野暮なことよね。

そう思い、私は彼女の手を握った。

「エルヴィラ様、応援しています！」

「ありがとうございます、ルシル様！　きっとしばらく戻ることはできなくなります。だから、落ち着いたら、会いに来てくださいませんか？　……もしもご迷惑じゃなかったら、お友達として」

「っ!!　もちろんです！」

予知夢を見たあの時、こんな風にエルヴィラと笑い合える日が来るなんて想像もしていなかった。まさか、友達になれるだなんて！

私は嬉しくて満面の笑みでエルヴィラを応援した。

呪いを消し飛ばすという実績は作れなくとも、エルヴィラが覚醒したことは事実であり、その力がとても強いことも間違いない。

実は光魔法が上手く使えない時から、聖女として研鑽《けんさん》を積まないかと国外からお誘いを受けていたらしいエルヴィラは、その話を受けることにしたんだとか。

おそらく予知夢のエルヴィラにも声はかかっていて、フェリクス様の側にいるためにお断りしていたんじゃないだろうか。

エルヴィラが向かうのは他国とあまり繫がりを持たないとされている聖国。

世界でも数の多くない光魔法の使い手を集め、その力を育てる機関である聖神殿がある場所だ。

なんでも聖神殿というのは高くそびえたち、特別な力を帯びて地上からは入ることができないようになっていて、天馬という翼を持つ馬に乗って空から入るのだとか……。

えっ！　なにそれとっても楽しそう！　行ってみたい!!

天馬は私がリリーベルだった大昔から存在しているけれど、今は国で管理しているなんてびっくりだわ！　どうりでルシルになってからは見たことがないわけよね！

私の知ってる世界から、随分変わっているし、私の知らないこともきっとまだまだたくさんある。

(大賢者ってどうなのかしら？　って思ったりもしたけど、呪いを解くって名目で他国にも行けるのよね？)

前世の愛すべき飼い主たちがしていたように、世界のあちこちに行って、ついでにいろんな人の呪いを解いて、それから好きなことをして楽しく生きるの！

ああ、生きてるって、とっても楽しいわ!!

そんな風に今日も畑仕事に勤しんでいたらフェリクス様が声をかけてきた。

「ルシル、俺も一緒にやりたいんだが、教えてくれないか……？」

「まあ、フェリクス様も!?　ぜひ一緒にやりましょう！　楽しいですよ！」

うふふ、フェリクス様ってば、やっぱり興味があったんだわ。汚れてもいい服にスコップを持っていても素敵だなんてなかなかよね！

とりあえず、この場所の居心地もとってもいいし、エルヴィラは運命のヒロインではなくなってしまったわけだから、フェリクス様に本当に愛する人ができるまで、私はここにいてもいいわよね？


せっかくなので、もうしばらくは暫定婚約者を満喫します！


私はまだ知らなかったのよね。

私の飼い主たちを指す、『運命の英雄』が、本当のところ一体なんなのか。どういう意味を持つ存在なのか。

私自身が、どういう存在なのか。

アリス様の言葉を思い出す。

『アタシの可愛いリリーベル。いいかい、覚えておいて。お前が願えば、きっとなんでも叶えることができる。どんな困難に直面しても、無理だなんて諦めてはいけないよ。愛するリリーベル、アタシの希望………』

うふふ、アリス様ったら、本当に私のことが大好きなんだから!!

当時の私はそんな風に思って、嬉しくて喉をゴロゴロ鳴らした。アリス様も、その後の飼い主たちも、いつだって私に溺れるほどの愛を注いでくれていたから、その時の言葉も、いつもの愛情だと思って。

そして、ついでに言うと、大慌てで飛び起きる朝がすぐにやってくることも知らなかった。

「――っ！　ハアッ、ハア、今のって……新しい予知夢だわ!!」

『暫定婚約ライフ』の裏側で

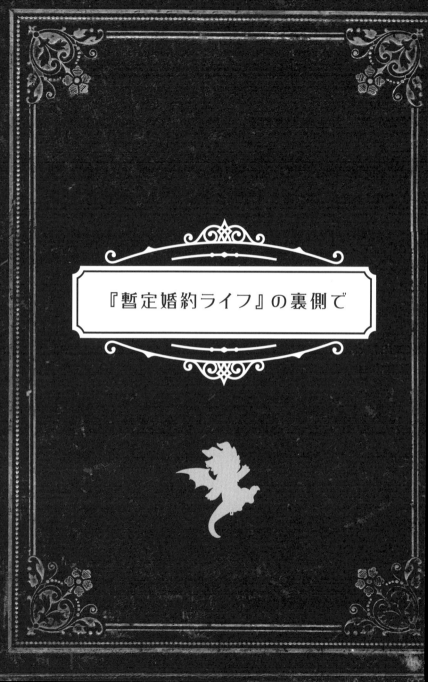

運命の英雄たちによる、楽しいルシル鑑賞会②

　どこか荘厳な雰囲気の漂う、壁も果てもない真っ白な空間。周囲は霧のようなもので包まれていて、世界から切り取られたその特別な空間で、相変わらず数人の男女が声も高らかに語り合っていた。

　ここにいるのはいずれも地上に今もなお『運命の英雄』としてその名を馳せている面々。そしてルシルのことを、彼女の前世リリーベルの頃から愛してやまない元・飼い主たちである。

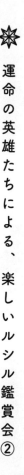

　そんな彼らは今日も今日とて、円卓の中心に浮かんでいる大きな水晶を覗き込み、あれやこれやと声を上げている。

「ああ！　ルシルちゃんったら本当に天才だわ！　まさか私が作ってあげていた『ピュ～レ』を再現しちゃうなんて！　あれを作った私もすごかったけど、ピュ～レを食べてた時にはリリーベルは興奮状態で、味の分析なんてできなかったはずなのに！」

　長い黒髪を振り乱しながら喜んでいるのは異世界人のヒナコだ。『ピュ～レ』とはヒナコが異世界転移してしまう前に暮らしていた世界の、猫のために作られたペースト状のおやつだった。どんな猫でもその魅力に抗うことはできないと評判のアイテムで、天才女子高生だったヒナコはリリーベルの気をなんとか引きたくて異世界の材料でこれを作り上げてしまったのだ。

そんなヒナコと、『ピュ～レ』を作っているルシルの姿を、天才料理人でもあるS級冒険者マシューが興味深そうに見比べている。

「へえ。あのどろっとしたやつがそんなに美味いのか。異世界の食事情は本当に面白いな」

「えへへ！　ルシルは私が渡した異世界の食べ物を作り出すつもりみたいですから、きっとこれからますます面白い料理が見られると思いますよ！」

「そりゃあ楽しみだ」

料理に対して貪欲なマシューがにんまりと笑う姿を見ながら、大聖女クラリッサがため息をつく。

「今はそれどころじゃないでしょう。まさか、リリーベルの最後の飼い主がまだ生きているだなんて――羨ましすぎますわね」

「クラリッサ様、本音漏れてる～！」

ヒナコは笑うが、実を言うと自身も全く同じ気持ちを抱いていた。もちろん、クラリッサの正直な思いに共感していたのはヒナコだけではない。この場にいる誰もが同じことを感じているのだ。

『リリーベルだけじゃなく、ルシルになってからも関われるだなんてずるい』と。

「まあ、まあ。その分彼はリリーベルとほんの短い時間しか一緒にいることができなかったわけだし。それにルシルに会えるまでの間、一人でずっと寂しくあの子を待っていたわけだろう？　許してあげようよ」

事なかれ主義を発揮しているのは稀代の錬金術師コンラッドだ。交渉を得意としていた大商人でもあったはずの彼は、その生を終えても気弱な一面を持ったままなのである。

「ねえ、そんなことはいいから、見てよ！　フェリクス様ってば、あの小さなエリオスに嫉妬しているわよ!?　一緒に暮らすことに複雑そうなのも、そういうことよね？　なんって可愛い人なのかしら!?」

興奮気味の王女ローゼリアの言葉に、同意できないと首を振ったのは勇者エフレンだ。

「分かっていないな、ローゼリア姫。恋や愛に年齢など関係ないだろう？　僕はフェリクスの気持ちを理解するね。だってあのエリオスっていう少年、どう見たってルシルを異性として見ているじゃあないか」

「なんなら、さっき話していたことを聞く限り、リリーベルの頃から結婚したかったみたいですしねえ。え、異世界だとそういうのもありうるんですかね？　私の感覚だと猫ちゃんと人間との結婚はさすがに難しいんですけど」

「いや、どの世界でも難しいだろう。全ての女性を愛し、全ての女性に愛された僕でさえ、そんな事例は聞いたことがないからね」

「うーん、親切に答えてくれているのに、なーんかエフレンさんって鼻につくんですよねえ」

ヒナコの辛辣な言葉に声を上げて笑ったエフレンだったが——

「わたくしも同じ気持ちですわ」

「私も分かる」

「え……そんなに？」

クラリッサとローゼリアがヒナコに即座に同意すると、さすがに顔をひきつらせた。

「わはは！　生前は女たちにモテにモテた勇者エフレンといえど、ここの女性たちの前では形無しじゃあないか」

「こ、こほん……マシュー殿、あまりエフレン殿を煽らないで……ぼくの胃のためにも……」

「コンラッド様、あなた様もなかなか繊細で大変ですわね……必要な時には治癒をかけてさしあげますわ。まあ、生を終えたわたくしたちが集まるこの空間で、どれほど効果があるものかは分かりませんけれど」

「はは……ありがとう、クラリッサ様。お気持ちだけ受け取っておくよ」

そうこうしている間に水晶の中のルシルはどんどん突き進んでいく。

その姿に次第に不安を抱き始めたのはローゼリアだった。

「なんか……フェリクス様がさすがに不憫ね。全ての行動が裏目に出て、ルシルはすっかり彼がエルヴィラを予知夢通りに愛し始めていると思い込んでいるわよ」

「はあ、まあ僕らが危惧していた通りの展開といえばその通りだよね。ルシルはリリーベル時代に愛されることに慣れすぎているから、あの子に愛を伝えるのは至難の業だと話をしていただろう？」

「それにしても、よ！　ルシルったら本当に鈍いんだから。あんなにフェリクス様はルシルのことしか見えていないのに〜。なんだか少しもどかしいわ」

ううん、と唸るローゼリアの横で、神妙に水晶を見つめているのはコンラッドだ。しかし彼としてはルシルの色恋沙汰への疎さ以上に、エルヴィラの様子が気になるようだった。

「しかし、エルヴィラ嬢もなかなか曲者だよね。善人であるということは時と場合によっては厄介だ。ぼくの得意な錬金術にたとえるなら、どんなに素晴らしい薬も、使い方を誤れば毒になる。人としての性質も、それと同じだと思うんだよね」

しかし、そんなコンラッドの心配は、クラリッサによって静かに笑い飛ばされた。

「あら、コンラッド様のおっしゃりたいことは分かりますけれど、それならば心配ご無用ではありませんこと？　なんといっても、側にあのルシルがいるのですから。どんな毒も、ルシルの手にかかれば薬に転じさせるのも、解毒するのも、簡単なことでしょう……ほら」

「ああ……はは、本当だ。さすがはぼくらのルシル――って、ちょっと待って！　あは、あはは!!　見てごらんよ！　でっかくなって離れを壊しちゃったマオウルドットのあの顔！　ルシルって本当に面白いなあ。こんなことをしでかすなんて思わないもの」

「ふふ、ふふふ！　確かに、ルシルは見ていて飽きないわね。でも私、最近ルシルに振り回されているマオウルドットも可愛くて仕方ないのよ。あの子ったら、いつも悪さばかりしていたのに、あんなに可愛い子だったかしら？」

ローゼリアがころころと笑うと、エフレンも顔を緩ませて同意する。

「マオウルドットは昔からとても可愛いよ。僕があいつを封印した時だってしくしく泣いちゃってさ。本当は天災のように強い誇り高きドラゴンだっていうのに、リリーベルにめろめろになっててまったばかりにすっかり情けない顔を見ることが増えたよね」

誰もかれもが笑い声を上げながら喜劇のような場面を面白がって見ていたが、水晶の中のルシルが、マオウルドットが取り込んだ悪魔の魔力を放出し始めると、全員がうっとりとその光景に見入ってため息をついた。

「ああ、ルシル、ぼくが作ってあげた竪琴、まだ持ってくれていたんだ……。とてもとてもお気に入りだったものね。きっと長い間、ずっと手入れをし続けてくれていたんだね……」

コンラッドが感激に胸を押さえると、ローゼリアもうめき声を上げて口元を押さえる。

「そう、そう。あの竪琴は私も思い出深いわ。私が歌っていると、いつもリリーベルが竪琴に魔力を流して音を奏でて、一緒に遊んでくれていたもの。私は歌が大好きだったけれど、リリーベルも音楽が大好きだったわ。そう、コンラッド様のおかげで、リリーベルは音楽を愛する猫ちゃんになったのよ」

「ローゼリア姫にそう言っていただけて、光栄だね」

軽快な音楽を聴いて、ヒナコも体を揺らして楽しんでいる。

「見て！　ルシルの音楽に合わせて、光が踊っているわ！　はわわわあ、幻想的で素敵……ルシルも可愛いし、まるで人気アイドルのコンサートみたい……」

クラリッサは慈愛の微笑みを浮かべると、エリオスのために祈りを捧げた。

「あの子は普通の人間に戻ったようですわね。これからきっと、ルシルとともに楽しい時間を過ごせますわ。生前のわたくしたちが、リリーベルに溢れんばかりの幸福を与えられていたように」

マシューは手を叩いて歓声を上げている。

「枯れた土地だったレーウェンフックが、今や緑の楽園だな！　見ろ、あの瑞々しい野菜たちを！　あれで料理を作ったらきっとほっぺたがとろけるに違いない」

エフレンはその全てに同意し、うんうんと何度も頷いた。

「この世の全ての幸せが集まったかのような光景だね。ルシルといると、どんな荷物を背負った人も、幸せにならずにはいられないんだ。僕らがそうだったように」

全員が各々、リリーベルとの幸せな思い出を思い浮かべ、その幸福感に浸っていた。

すると、そんな中、今まで一言も発することのなかった大魔女アリスがぽつりと呟いた。

「ルシルはきっと、もう大丈夫だ。アタシの愛するリリーベル。大切で特別な子。きっと、ルシルはやりとげる。やりとげてくれる――」

その言葉を拾ったのは側に座っていたクラリッサだけだった。不思議に思い視線を向けると、アリスはさっと立ち上がり、その場を離れようとする。

「アリス様？　どこへ行かれるのですか？」

「アタシにはまだやることがあるんだ。ルシルを見守るのはお前たちに任せるよ」

アリスは振り向くこともなく、片手をひょいと上げると、そのまま姿を消す。

「アリス様……？」

ここにいる者は全員魂の状態なので、もちろんそれぞれ、姿を消している時間もある。

しかし、アリスの態度はどうにもいつもと違うように思えた。

そういえば。ふと、クラリッサは疑問に思った。これまでなんとも思わなかったことがおかしかった、かすかな違和感。

この空間を作り上げたのはクラリッサだった。愛するリリーベルを見守っていたくて、人としての生が尽きた後、魂に宿っていた聖力を使ってこの場所を作ったのだ。

そして、同じようにリリーベルを愛する飼い主たちの魂を呼び寄せた。きっと、自分と同じように、他の者たちもリリーベルをまだ愛し足りないだろうと思って。

その思惑は正解で、誰もが嬉々としてこの場所にとどまり、こうしてリリーベルを、ルシルを見守っている。きっと気が済むまでここにいて、こうしていることだろう。……気が済む時など永遠に来ないかもしれないが。

リリーベルも呼び寄せたかったが、エリオスの願いが作用してしまい、ここに連れてくることができないままに転生してルシルになったのだ。

だから、他の者たちは、自分に呼ばれてここに来たわけである。そうでなければ、今頃その魂は転生に入っていただろう。リリーベルのように。

――だとしたら、どうしてアリスがここに来られたのか。

リリーベルの最初の飼い主である大魔女アリスが死んだのは、クラリッサよりもずっとずっと前のことだったはずなのに――。

レーウェンフック

俺はゆったりと馬車に揺られながら考えていた。……母に会うのは何年ぶりだろうか。

呪いが発現した俺に耐え切れず、『あんな化け物は、私の子などではない』と言って俺を遠ざけ、病んでしまった母。今はレーウェンフックが持つ領地の中の一つで、父とともに静かに暮らしている。

母が、俺の存在から逃れるようにしてレーウェンフック辺境伯領を離れて以降、一度も会ってはいない。父とも、あの人が母のもとへ行ってからは会うことはなかった。

無条件に愛していた人に、普通ならば無条件に愛してもらえたはずの人に、『化け物』だと罵られ、存在そのものを拒絶された経験は、俺の中に深く影を落としていた。

そしてその影は、俺自身が闇に飲み込まれてしまわないようにと、光のある方へ身を置こうとすればするほど、濃く、深くなっていった。まるでもがけばもがくほど深みにはまる蟻地獄のようだ。

だが、呪いを宿したレーウェンフックの当主として、それを表に出すことなどできない。誰かが助けようと手を伸ばしでもすれば、この手は触れた者の全ての魔力を、命を、吸いつくしてしまうのだから。

カインの存在には救われたが、その存在が俺の影を照らすわけではない。むしろ、カインが明るい光をくれればくれるほど、相対的に影は濃くなるものなのだ。

いや、ひょっとするとカイン自身もまた、光を宿す努力をしているだけで、俺と同じようにその身に影を抱えているのかもしれない。アリーチェもしかり。レーウェンフックは影を受け入れ惹きつける、そういう地なのだから。

しかし、最近の俺は、何度も思い返していた苦い記憶よりも、もっとずっと前の記憶を思い出すことが多くなっていた。

――母も、俺に呪いが発現するより前は、俺のことを愛し、慈しみ、微笑みを向けてくれていた。

そんな記憶を心の奥に追いやって見ないふりをしていたのは、その思い出があまりにも眩しく、俺の中の影を濃くし過ぎるからだろうか。本能的に、これ以上光と影の差が大きくなり過ぎれば、自分の心が耐えられないと危惧していたのかもしれない。

なぜならば、最初の頃は何度も思い出していたからだ。あの眩しく、温かい時間を。そしてそれを繰り返すたびに、より深く傷ついていったからだ。

母の温もりを思い出すたびに、自分の心に住む幼い自分が叫び声を上げる。

――眠くなった俺を抱きしめ、体を揺らして子守唄を歌ってくれたこと。

『どうしてもう二度と僕を抱きしめてくれないの！』

――なんの障害物もない屋敷の庭の散歩中にも、転ばないようにと手を握ってくれたこと。

『どうしてもう二度と僕の手を握ってくれないの！』

たこと。

——悪夢を見て目を覚ました夜には、寝台の中で抱き寄せ、再び眠りにつくまで頭を撫でてくれ

『どうしてもう二度と僕を撫でてくれないの！』

そして、心の中で涙を流しながら納得するのだ。——ああ、俺が化け物だからなのだと。その度に胸は張り裂けそうに痛み、俺は思い出すことを意識的にやめ、いつしか温もりなどなくても平気になっていったのだ。

しかし、今はどうしてか、凪いだ気持ちで過去を振り返ることができる。……母もまた、ひどく苦しんだのだと、自分自身に言い聞かせるのではなく、心からそう思うことができる。

大体、慈しんでくれていた時間があるということは、それまではあの母も我が子を愛していたはずだし、本当は愛していたかったのではないだろうか。それを叶わぬものにしてしまったのは俺自身であり、レーウェンフックの呪いなのだ。

今、冷静に考えられるようになって思い返すと、母は優しい人だったように思う。

そんな人が、我が子を愛せないことを、全く気に病まなかったとは思えないのだ。

ああ、傷ついていたのは、恐らく俺だけではない。

そう思えるようになったからこそ、こうして今、何も気負うことなく母に、父に、会いに行こうと考えることができたのである。

そうでなければ、エリオスを両親の養子にしてレーウェンフックに迎えるという目的があったとしても、直接話をしに行こうなどとは考えもしなかったことだろう。それこそ手紙を出せば済むこ

とであるし、もしも両親がすんなりと受け入れずに渋るようならば、エドガー殿下に話を通していただけるように願い出ることだってできたのだ。むしろ、その方が行動にかかる負担としても、俺の心理的にも、とても簡単なことだったはずだ。

……そして、俺がそう思えるようになったのも全て、ルシルのおかげであることは、疑いようのない事実だった。

俺は、馬車の向かいに座り静かに窓の外を眺めているルシルに視線を向ける。彼女は、当然のようについて来たマオウルドットを膝に乗せて、求められるままに撫でてやっている。それは、まるでいつかの母が俺にそうしてくれたような優しい手つきだった。ルシルの隣に座るエリオスも、甘えるようにルシルにもたれかかって眠っている。

いつだったか、ルシルはエリオスのことを長く生きていても子供なのだと言っていたように思うが、あどけない寝顔を見ているとまさにその通りだなと感じる。そして、この小さな体でどれほどの時間を孤独に過ごし、自分を責めながら苦しんできたのだろうかと思うと、彼も救われてくれて本当によかったと心から思った。

最初、俺は馬車ではなく、馬で行こうとしていたのだ。もちろん、ルシルを連れていくつもりもなく、さっさと行ってさっさと許可をもらい、すぐに帰って来ようと思っていた。

しかし、俺がそのように考えていることに気がついたルシルが、それを止めた。

『せっかくのおでかけですもの、私も行きたいです！　行きたい、行きたい！　それにどうせ遠くにお出かけするなら、ゆっくり、初めての景色を眺めながら堪能したいので、馬車にしましょう！

てくださいね！』

でも、レーウェンフックの馬車を一人で使うのも少し気が引けるので、フェリクス様も一緒に乗っ

……ルシルは基本的に相手を思いやっての行動ばかりしているが、時々こうしてささやかなわがままを言い始めることがあるのだ。そして、そうした時には絶対に譲ることはない。不快な主張はしないのに、いつの間にか結局彼女の望みを叶えるような状況になるのである。

それに気づいてからは、あまり深く考えずにルシルの望みを聞き入れるようになっていた。彼女のわがままがいつも、叶えることができないようなものではないことも大きい。

ただ、俺は気がついてしまった。今回のこれは、きっと俺のためのわがままだったのだ。父に、母に会いに行こうと思えたのは大きな心の変化であるが、それでも負った傷が癒えたわけではない。ルシルは恐らく、そんな俺の心に気がついていて、時間をかけた方がいいと判断したのだ。

そして、そんなルシルの思惑通り、ゆったりとした馬車の中で、窓の外を眺めながら、俺は俺の心と向き合い、いつもは考えないことを考え、冷静に思いを巡らすことで、いい意味で気持ちを整理することができている。

おまけに、そんなルシルの思いやりに気がついたことで、静かな喜びが湧き上がり、今の俺はとんでもなく気分がいいのだ。

……全く、ルシルには本当に敵わないな。

両親のいる屋敷には昼も過ぎた頃についた。さすがにいきなりともに食事をとるのはなかなか勇

気のいることなので、あえてこの時間を選んだのだ。

屋敷の前には……数年ぶりに見る父が立っていた。少し老けたか。

とはいえ、その長身はいまだにガッチリと体格が良く、姿勢もいいため、年齢よりは若々しく見えるように思う。この辺はそこまで魔物が現れるような場所ではないが、周辺で何かが起これば率先して出向き、剣を振るっているという話は俺の耳にも入っていた。

妻とともに隠居してはいても、やはりレーウェンフックの男ということだろう。父に対して複雑な思いはあれど、そんな姿は素直に尊敬している。

「よく来た」

「急な訪問を許してくださり、ありがとうございます」

馬車を降りてすぐにかけられた短い言葉に、軽く頭を下げて答える。もちろん、先触れは出して事前に訪問の許可を得ているわけだが、何年も没交渉だった中で会いたいと願い出ることは、いつどのようなタイミングであっても、父や母からすれば突然なものと感じるに違いないのだから。

やはりこうして顔を合わせると少しばかり緊張する俺に、父はそれ以上自ら声をかけることはない。そのため、若干気まずい雰囲気になってしまうのも仕方がないことだろう。

しかし、俺の差し出した手を取り馬車を降りたルシルは戸惑うこともなく、満面の笑みで父を見上げて礼をとった。

「初めまして、ルシル・グステラノラと申します。お目にかかれて光栄です」

「……ああ」

ルシルの態度は間違いなくこの場を明るくするようなものだったはずなのに、父はなぜか値踏みするような目でルシルを見つめていた。

「ふうん。聞いていた話から想像していたのと、少し違うように感じるね」

エリオスが父とルシルのやりとりを見ながらそんな風に呟いていたが、俺にはどんな気持ちで彼がそのように口にしたのか全く分からなかったため、不思議に思って首を傾げる。

エリオスはそんな気持ちを見透かしたかのように、俺にだけ聞こえる声でさらに呟いた。

「濃い影を落とすのは、いつだって強い光なんだということだよね」

……やはり、見た目は子供でも、長く生きているからか、時々エリオスは難解なことを口にするのだ。


父自ら屋敷の中に俺たちを迎え入れながら、静かに説明をする。

「俺の妻、オーレリアは中で待っている」

それは俺に向けての言葉ではなく、ルシルに向けて言った内容だった。父は最初の言葉以降、俺の方を見もしない。エリオスのことも、見えているのかと心配になるほどなんの反応も示さなかった。

「ふふふ、お会いできると思うと楽しみです！」

――母は、通された応接室のソファに座って待っていた。

ああ、最後に会った記憶が父よりも古いため、父以上に年老いたと感じてしまうな。

もちろん、父と同じく、母も年のわりには若い方だろうが、俺の記憶の母はまだ俺が幼い頃に見たきりであるため、この感覚は仕方がないことのように思えた。

母は感情を悟らせない無表情で、部屋に入ったルシルに視線を合わせていた。

挨拶もそこそこに、俺たちは本題に入ることにした。どうせ雑談を楽しむような雰囲気でもないのだ。こんな居心地のよくない場所に長居するものではないし、早く話を終わらせて屋敷を後にしよう。

そう思い、エリオスを養子に迎えるに至った説明をしたあと、すかさず必要書類を差し出した。最低限のやりとりで済むように、あとはサインをしてもらうだけの状態になっている。

ちなみに、エリオスについてはほぼありのままを報告した。隠しても仕方がないし、両親もレーウェンフックの人間である以上無関係ではないからだ。エリオスがそのように望んだことも大きい。

しかし、すぐにサインがもらえるものだと考えていた俺の予想とはうらはらに、父はなかなかペンをその手に取らないではないか。

訝《いぶか》しく思い見ていると、口を開いたのはずっと黙っていた母だった。

「その子が、忌々しいレーウェンフックの呪いの最初の子ということでしょう？　そんな悍《おぞ》ましい子をどうして私の子供にしなくてはならないの？」

……こういう事態を全く想像しなかったわけではない。だから、最初は俺とてエリオスの出自について適当に取り繕ったものを伝えようと思っていたのだ。しかしそれを止めたのはエリオスだった。

嘘をついてエリオスを養子にしたあとに、呪いを嫌い、俺を遠ざけた母が真実を知った場合、どのような事態を招くか分からなかったから。

やはり、俺の養子だとする方がスムーズだったかと思わないこともないが、俺も、エリオスも、できればその方法をとりたくはなかったのだ。呪いに苦しんだのは俺自身だ。ならば、ささやかなわがままくらい通してもいいではないか。そう思ったのも否定できない。

さらに、エリオスを否定されたことで俺自身を拒絶された時の感覚が急激に蘇り、悲しみが浮かび上がってきた。『悍ましい子』という言葉に、『化け物』と言われた時の声が重なり――これまでは悲しいばかりだったのに、今この時は怒りも湧いてきた。

怒れるようになったということは、ある意味乗り越えたと言えるのかもしれない。

そんなことを頭のどこか冷静な部分で思いながらも、反論を口にしようとして――俺は口をつぐんだ。

なぜならば、俺よりも先にルシルが口を開いたからだ。

「フェリクス様やレーウェンフックの地を悩ませていた呪いはすっかり解けましたので、悍ましいことなど何も存在していませんわ。ご安心ください！」

ルシルの言葉に、エリオスはギョッとして彼女を見上げた後、すぐに泣きそうな表情に変わって俯いた。俺もまた、何か込み上げるものがあった。ルシルは特に深く考えずに発言したのかもしれないが、『悍ましいことなどない』という彼女の言葉が、どうしてか心の奥底にしみこんでいったのだ。

しかし、母にはそうではなかったようで、目つきを鋭くすると、微笑んでいるルシルを睨みつける。

「そんなことを言っているのではないわ。安心なんてできるわけがないでしょう！　さすが、とんでもなく無神経な発言ね。第二王子に婚約破棄をされるほどの悪女なだけあるわ。静かに暮らす私のもとにまであなたの噂は聞こえてきているわよ！」

しまった、ルシルが発言するより先に俺が何かを言うべきだった。そうすれば、ルシルが矢面に立たされることもなかったのに。そう自らの愚鈍さを悔いて、ルシルを庇《かば》おうと口を開きかけたが、エリオスが俺の太ももをこっそりとつねった。

「っ!?」

あまりの痛さに息をのみ、エリオスを見ると、『何も言うな』というように首を横に振って見せるではないか。

なぜだ？　エリオスはルシルをとても大事にしている。そんな彼が、ルシルを庇うことを止めるなど、何か意味があるとでもいうのか？

そう迷っている間に、母とルシルのやりとりが続いていく。

「ええ、ええ。私はとても無神経で自己中心的な人間なんです。そうでなければ、エリオスを養子にしてほしいだなんてとても言えませんもの。……だって、オーレリア様にとって、エリオスはフエリクス様を呪いで苦しめる元凶となった存在ですものね。可愛い我が子を苦しめた存在を簡単に受け入れられるわけがないですもの！」

その言葉が、上手く理解できなかった。ルシルの今の言い方では、まるで母がエリオスを受け入れるのを渋るのは、呪いが悍ましいからではなく、エリオスのせいで俺が苦しんだからだと思っているようではないか？

母は俺を化け物と呼び、心底嫌っていた。そんな嫌いで悍ましい俺が実の子にいるくらいなのだから、書類上だけエリオスが養子になることなど、今更気にすることでもないだろうと思った部分もあるのだ。

俺自身、その考えが非常に無神経なもので、エリオスを養子に迎えさせることは母を傷つける可能性が高いことも承知していた。しかし、愛情を受けられなかった分、このくらいのわがままは聞いてほしいという……いわば、試し行動のようなものだったのかもしれない。

だから、まさか。まさか、そんな。そんなはずはない。

「……可愛い我が子などと。私はこの子を拒絶したのよ」

「怯える気持ちと愛情は、同時に持ってもおかしくないですから。ふふふ、人間の感情って複雑で難解で厄介ですよね」

ルシルのその言葉を最後に、母は黙ってしまった。ずっと何かを考え込むようにしている母を見て、父が俺の差し出した書類にサインをしてくれた。

これでエリオスは、エリオス・レーウェンフックに、俺の弟になるのだ。

「許せなかったの。あなたがフェリクスの側で、なんの憂いもないような態度で笑っていることが。私はどうやっても呪いが発現したあとのあの子を受け入れられなかったのに、あんなに愛していたはずのあの子の側にいるのが苦痛でたまらなかったのに、あなたは平気な顔で受け入れているから……悔しかったの」

お見送りに来てくださったフェリクス様のお母様、オーレリア様は私を呼び寄せると、静かに告げた。きっとフェリクス様には聞かれたくなかったから、私だけを呼んだのね。

今日、私たちは本当に勝手なお願いをしにここにやってきたのだ。オーレリア様からすれば、フェリクス様に会うこと自体も負担だったかもしれないし、エリオスのことなんて顔も見たくなかったかもしれない。オーレリア様が言うように、私たちは無神経だった。

けれど、それが分かっていても、私はどうしてもフェリクス様とエリオスの願いを叶えてあげてほしかったのだ。二人とも、お互いがお互いの家族になることはもちろん望んでいたけれど、それは親子としてではなくて、兄弟としてだった。それがいったいどうしてなのかは私にはよく分からないけれど……けれど、そう望むということは、何か理由があるのだと思う。

フェリクス様も、エリオスも、二人とも辛い思いをしてきたことは間違いない。そんな二人のことが私は大切で、だからこそ二人の願いを叶えてほしかった。

オーレリア様やフェリクス様のお父様も辛い思いをしてきたはずだけれど、私はそれを知らないから。どちらかを選ぶならば、申し訳ないけれど、私が選ぶのはフェリクス様とエリオスなのよね。

私は自分勝手な人間だから、自分の行動を選ぶ基準は、いつだって自分がどうしたいかが一番なのだ。

そして、今回こうしてやってきたことは、結果的によかったのではないかと思えた。

「オーレリア様。愛せないことは、仕方ないです。それに、オーレリア様はフェリクス様を愛していないわけではありませんよね？　嫌悪感と愛することは、両立しますから」

「何を……嫌悪と愛情が両立するなんて、そんなおかしな話があるわけがないわ」

「いいえ、どんなに正反対の感情だって、同時に抱くことはあると思います。人間の心なんて摩訶不思議ですから！」

オーレリア様がフェリクス様を受け入れられず、嫌悪感を抱いて、愛せなかったことに苦しんだのは間違いなく真実なのだと思う。呪いがなくなったからといって、今更何事もなかったかのようにやり直すことは、お互いの感情的に難しいのだろうとも。

けれど、自分勝手な私としては、そんな自分を責める必要もないと思うのだ。

仕方ないことは仕方ない。それが正しいとか、正しくないとか、誰が悪いとか、間違っているとか、そういうことではなくて、ただ『仕方ない』こともある。

それによって、フェリクス様が傷ついていてもしオーレリア様を憎んでしまったとしても、それも仕方ないし、オーレリア様がフェリクス様に罪悪感を抱きながらも、それでも拒絶することをやめられなかったことも、きっとまた仕方のないことだった。

オーレリア様がそんなご自分を責めずにいられないのも仕方ないけれど、私は思う。

仕方ないことは仕方ないんだって、開き直ったっていいじゃないのって。

「人と人とのことですから。いつかもし、オーレリア様がフェリクス様とまた繋がりを持ちたいと思う日が来たら、お手紙を出せばいいと思います。それを読んで、受け入れるか拒絶するかはフェリクス様の自由ですけど……。人なんて、結局のところ本当の意味では自分の気持ちしか分かりませんから」

「……やっぱりあなた、少し無神経だわ。そんな風に軽く言ってのけるなんて」

「申し訳ありません」

素直に謝罪すると、オーレリア様はそんな私を見て少し笑った。

……ああ、笑うとフェリクス様により似ているなあ。やっぱり親子よね。

「私も、ごめんなさいね。本当はあなたの噂が嘘だって、もう知っていたの。こんな田舎で静かに暮らしていても、噂はどんどん耳に入ってくるから……あなたの活躍も、フェリクスを救ってくれたことも、ちゃんと知っていたの。それなのにひどいことを言ったわ」

オーレリア様は優しい人なんだと思う。フェリクス様が優しいように。だから、フェリクス様を受け入れていた私を見て悔しかったのは、やっぱり受け入れられなかった自分を責めていたってことなんだろう。

いつか、フェリクス様とオーレリア様が笑い合える未来が来るといいなあ。だって、フェリクス様は行きの馬車での少し強張った様子とは違って、どこか満ち足りたようなお顔をしているから。

まあ、やっぱり無理だとなったって、やっぱり仕方ないことだけれど。

そんなことを思いながら、私たちはお屋敷を後にしたのだった。


「ねえ、ルシル。この書類に名前を書いて提出すれば、僕はレーウェンフックの人間になるってことだよね？　それなら一つ、お願いがあるんだけど」

エリオスがそんなことを言い出したのは、レーウェンフックの屋敷に戻り、フェリクス様と三人で、書類の仕上げをしようかと顔を突き合わせている時だった。

「お願いって何かしら？」

「……僕、やっぱり、ルシルがリリーベルの頃にした約束が忘れられないんだ。僕に名前をつけてくれるって言っていたでしょう？　……ルシルのつけてくれた名前が欲しい」

「まあ」

確かに、名前を持っていない孤児だった頃のエリオスに、私はそう約束していた。

それに、伝えることができなかっただけで、私はすでにエリオスにつけてあげる名前を決めていたのよね。だけど、どうしたものかしら。

「ああ、もちろん、エリオスという名前を変えるつもりではないんだ。名前はとても力を持っているものでしょう？　リリーベルが教えてくれたから、僕も知っているよ。ルシルや他のみんなが僕のことをたくさんエリオスと呼んでくれたおかげで、もうこの名前は僕の魂にしっかりと刻まれているからね。ただ、もしよければ、ルシルのくれた名前をミドルネームにできないかなって……」

なるほど。エリオスという名前を捨ててしまうつもりかと思って心配になったけれど、そういう気持ちだったのね。

「それはとても素敵だと思うわ！　フェリクス様はそれでもいいですか？」

「もちろん、エリオスが望む通りにするのが一番だろう」

「……二人とも、僕の気持ちを尊重してくれてありがとう」

まさか、リリーベルの頃に決めた名前を発表する日が来るとは思わなかったわね。

エリオスはわくわくと目を輝かせて、フェリクス様も興味深そうに私に注目している。ソファの上で大胆にも大の字になって眠っているマオウルドットは相変わらずだけれど。

「エリオスにプレゼントする名前は――」

エリオスはしばらく胸を押さえたあと、少しだけ震える手で名前を書いていた。

『エリオス・ノア・レーウェンフック』

その由来は『喜びと安堵』。世界中の全ての喜びを手にできるように、なんの心配もない、安堵を手にできるように……。

そして、『私があなたといる時は喜びと幸せを感じているし、側にいるだけでとっても安心できる、すごくすごく大切な存在なのよ！』と、そんな気持ちを込めて。

エリオス。私がリリーベルだった頃には残念ながら叶えられなかったけれど。たくさん悲しませてしまったけれど。

これからは一緒に、たくさんの喜びを感じて、たくさんの幸せを手にしようね。……今度こそ。

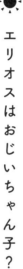

エリオスはおじいちゃん子?

正式にレーウェンフックの人間になって、困ったことがある。

「エリオス! まだ寝とるんか? はよ起きてこっちに来い! 一緒に畑仕事をやるぞ」

「えっ」

……庭師のランドルフさんがやたらと僕に構いたがるのだ。それどころか、早寝・早起きを推奨して、「子供はよく食べてよく運動しろ!」と口癖のように言ってくる。

僕はできる限りルシルと一緒にいたいんだけど……。

おまけに『早起き』の時間がとても早い気がする。僕はもう少し眠っていたい。ルシルとマオウルドットはまだ寝ているのに、なぜか僕だけ呼び出される。お年寄りは朝が早いって聞いたことがあったけれど、あれって本当のことだったんだ。

よく食べる、っていうのも、量の感覚がおかしいんじゃないかと思う。だって、僕の体はまだこんなに小さいんだよ? そんなにたくさん食べられないよ……。いつかそのうち、胃がぱんぱんに膨れ上がって、破裂しちゃうんじゃないかと心配になるくらい。

だけど、食べないと食べないで、具合が悪いんじゃないか、この野菜は口に合わなかったのか、味付けが気に入らないなら他の料理にしてやろうか、って、すっごくうるさいんだ。

違うよ、量が多いだけだよ。味は美味しいし、僕は今まで生きてきて、こんなに元気な毎日は過ごしたことがないというくらいには元気だよ。

そう言うと、またもや「それならもっと食べろ、食べないと大きくなれないぞ」ってうるさいんだから、全く、本当に困っちゃうよ。

運動だってそう、僕、体は子供だけれど、長い時間を生きてきたんだよ？　だから、そんなに溌《はつ》剌《らつ》としているわけじゃないし、何を見ても面白いと思えるような純粋な気持ちを持っていた時期はすっかり遠い昔なんだ。

それに長い時間を日のほとんど当たらない魔塔の中で、呪いや魔法の研究ばかりして過ごしていたせいで、単純に運動はそんなに得意じゃないんだよね。

「これくらいで息切れするなど、子供なのに体力がなさすぎる！」

と目を丸くして、またもやどこか具合が悪いんじゃないかと心配し始めるんだから、本当に手に負えない。

そんなにあれこれ言われたって、できっこないよ。

早起きも、たくさん食べることも、外でいっぱい運動することも、僕には少し難しいんだ。

だって、今まで僕はひとりぼっちだったから、知らなかった。こんなに口うるさく、あれこれと心配されたことなんて、一度だってないんだもの。今までは、眠さで気絶するまで研究をして、好きな時に起きて、食べ物だって生きるために最低限しか食べなくて、日の光の下を出歩くことすらあまりしていなくて……ランドルフさんが言うような、そんな生き方をしてきていないんだから。

もちろん、大好きなリリーベルは僕に寄り添ってくれたけれど、あの頃の僕は暗い部屋の中に閉じ込められていたし、普通の子供のように過ごすことなんてできなかったから。

だから、僕には分からない。……この気持ちは、一体なんだろう。

色々うるさく言われて、しつこくあれしろこれしろと言われて、面倒くさいはずなのに。うんざりしているはずなのに。困っているはずなのに――ほんの少し、胸の奥の奥の方が、ほわっと温かい気がして、なんだか時々、無性に泣きたくなるんだ。

「ランドルフさんは、どうして――」

「エリオス、ワシはずっと思っとったんだがな、お前は子供のくせにワシに対してラ、ランドルフさん、などとこまっしゃくれた呼び方をしおって！　子供は子供らしくしろ！」

「……この、うるさいじじいめ」

言いたかったことを遮られて、つい悪態をつく。すると、じじいのくせにばっちり聞こえていたようで、ガシガシと頭を撫まれた。

「わっはっは！　それくらいでいいんじゃ！　子供は悪態つくぐらいが元気でいい。お前はもうこのレーウェンフックの子供なんじゃろう？　それなら誰に気を遣うこともない。ワシのようなただの庭師に『さん』付けなど以ての外じゃ！」

……嘘だろう？　今の聞こえていたの？　聞こえないように、小さな小さな声で呟いたのに？

もうすっかりお年寄りなのに、地獄耳じゃないか……。

それに、聞こえたなら怒られるかと思ったのに、どこか嬉しそうにされると調子が狂う。

こんな風に、僕が何をしても、怒らず笑って喜んでくれるのは、今までルシルだけだったのに
……。

だけど、悪くない。悪い気分じゃない。そのことがとても不思議で、なんだかむず痒《がゆ》くなる。

「じじいっていうのは、さすがに悪いから、じいじにしよう」

一人でそう決めて、勝手に納得しておいた。初めてじいじと呼んでみた時には、じいじはなぜかとても嬉しそうに顔をほころばせていたから、ますますむず痒くなった。


「あらあらあら！　いつのまにかランじいとエリオスはすっかり仲良しになったのね！　前から仲良さそうだったけれど、それ以上よ！」

「えっ」

僕とじいじよりもずっと遅くに起きてきたルシルがそんなことを言うから、思わず驚いて目を丸くしてしまった。仲がいい？　ルシルにはそんな風に見えているの？

「じいじと僕が？　仲良し？」

「あら、じいじですって！　エリオス、すっかりおじいちゃん子ねえ」

「えっ」

人は、あまりにも予想外のことを言われると上手く反応できなくなる。

次の言葉がなかなか出てこない僕にかまわず、ルシルはじいじと楽しそうに話している。

……おじいちゃん子。おじいちゃん子って、家族の中で特におじいちゃんのことが好きな子とか、特におじいちゃんに可愛がられている子とか、そういう意味だったよね？

僕が好きなのはルシルだけなんだけど……。

そう考えて、どこか違和感を覚えた。

僕が好きなのは、ルシルだけ……じゃ、ないかも。

僕は、じいじに言いたいことを遮られたあの時、こう聞きたかったんだ。

「どうして、こんなに僕に構ってくるの？」って。

もしも、僕が本当におじいちゃん子で、その『おじいちゃん』がじいじだとしたら……じいじは、ひょっとして僕のことが特別に好きで、可愛がりたいと思っているってこと？

僕のことを？　ずっとひとりぼっちだった僕を？

今まで、僕はルシル以外に愛されたことがなかった。だから、僕にはルシルだけだし、ルシルがいれば他に何もいらないと思っていた。

だけど、じいじが僕を可愛いと思っているとしたら……それは、少し、嬉しいかも。

なんだかたまらなくなって、思わずルシルとじいじが話しているところに近づくと、少し考えて、じいじに抱き着いてみた。今までは、ルシル以外に抱き着こうだなんて思ったこともなかったのだけれど。

「なんじゃエリオス、疲れたのか？　運動が足りてないから、体力がなかなかつかんのじゃ！」

じいじは不思議そうに僕を見ると、雑にそう言ったから、僕は突き放されたのかと思って一瞬悲しくなった。

しかし、じいじはそのままひょいっと僕の体を抱き上げたのだ。

「えっ」

「かっかっか！　こんな年寄りのじじいが楽に抱き上げられるほど軽いぞ、エリオス！　もっと飯を食え」

そして、その辺に生っていたトマトを摘まみ、僕の口元に押し付ける。有無を言わさずだ。

「食って、寝ろ！　起きたら運動しろ！」

そしてじいじは、僕の背中をトントンし始めた。

なんだこれ、なんだこれ……。

ルシルはそんな僕とじいじのやりとりを、どこか嬉しそうに眺めているし。

なんだこれ。

……なんだか胸がいっぱいで、苦しいくらいだ。

ルシルだって僕を抱きしめてくれるけど、抱っこはなかなか難しいから、ごくたまにしかしてもらえない。それに、ルシル以外にこんな風に抱き上げられたのは初めての体験だった。

「じいじ、年寄りなのに、力持ちだね」

僕はじいじの首に抱き着くと、憎まれ口を叩く。それにじいじが笑うと、その振動が僕にまで伝わって……。

おじいちゃん子って、なかなか悪くないな。僕はそんな風に思いながら、温かい日差しの下で、じいじに抱かれたまま、眠りについていった。

その後のことは……こんなお昼寝をして、幸せな夢を見ないわけがないよね、とだけ、言っておくよ。

大聖女

運命の英雄の一人である大聖女。高い聖力と慈愛の心を持ち合わせ、人々を救った奇跡の人。聖獣様とともに民の心を聞き届ける様はまさに清廉な聖女そのものであり、姿自体が多くの人々の希望となっていた。儚げでとても美しい女性だったとされる一方で、実は気が強く、邪悪な魔王を自らの手で成敗したという記録も残されている。彼女に求婚する者はあとを絶たなかったが、その度に無理難題を言い渡し、誰の手を取ることもなかったという。いつ何時も彼女の側にいることを許されていたのは聖獣様のみであり、多くの教会に大聖女と聖獣様を描いた絵画が残されていることからも、その絆の深さがうかがい知れる。

彼女の死後、多くの聖女が現れたが、大聖女と呼ばれる力を持つ者は、誰一人として見つかっていない。

アリーチェの愛読書『英雄たちの絵画図鑑』より

大聖女クラリッサ

アリーチェの愛読書『英雄たちの絵画図鑑』より

あとがき

初めましての方も、お久しぶりですの方も、こんにちは、星見うさぎです。

2巻を刊行していただくことができました。お手にとっていただきありがとうございます！

イラストは引き続きQi234先生にとっても素敵に仕上げていただいています！　表紙のルシルはもちろん、エリオスがとってもとってもとっても可愛くて大興奮です。

お気づきの方もいらっしゃるかと思いますが、エリオスの着ているローブにはフードがついているのですが、よく見ると猫耳になっているんです！　ルシルとリリーベルの瞳の肉球もそうですが、細かい部分まで最高に可愛くしていただいていて、本当に感激です。

ところで、ちょっと個人的な話ですが、少し前に体調で気になることがあり、病院で検査をしてきました。そこでCTを撮ったのですが、なんと気にしていた部位とは全く違う部分に腫瘍が見つかり、そこから検査三昧の日々に突入してしまいました。結果的には全て良性でしたが、私の体には今、小さいものも合わせると全部で五～六個の腫瘍があります（笑）

ちなみに気にしていた部分は至って健康、何の問題もありませんでした。

実は、私は昔から妙に運が良くて、今回のようにちょっと何かが引っかかり、不安に思って確かめると全く思いもしなかった別の部分に問題が見つかる……ということが何度もあります（健康上の問題に限らず）。

いつだって「わー！　下手したら危なかった！」と胸をなでおろすことになるんですよね。以前、たまたまお会いする機会があった霊視の先生に、守護霊がとても強いと太鼓判を押してもらったこともあります（自分でもそんな気がします）。

結局何が言いたいかというと、私は運よく悪い病気ではありませんでしたが、健康と思っていても気づかないうちに何か進行しているかもしれないので、定期的な検査って大切ですねってことです！　健康第一！

最後になりますが、この本を読んでくださいました読者の皆様、可愛すぎるイラストで彩ってくださいましたQi234先生、そして今回も本作を作り上げるために携わってくださいました全ての方々に心より感謝申し上げます。本当にありがとうございます！

できることなら、また皆様にお目にかかれますように。

星見うさぎ

「わたしを厄介者扱いしてきたやつら、
逃した魚の大きさを知るがいい!!」
中堅国の聖女の
異世界召喚に巻き込まれた
“オマケ”女子高生が大国の聖女に!?
邪魔者扱いされたけど、
実は最強の魔力持ちで——

わいい!
無自覚な天才少女は気付かない
～あらゆる分野で努力しても家族が全く褒めてくれないので、家出して冒険者になりました～
辺境の貧乏伯爵に嫁ぐことになったので領地改革に励みます
～ドラゴンと公爵令嬢～
生贄第二皇女の困惑
敵国に人質として嫁いだら不思議と大歓迎されています
追放された聖女ですが、実は国中から愛されすぎてて怖いんですけど!?
毎月1日刊行!!!!!!!!

強くてか
異世界転移して教師になったが魔女と恐れられている件
～王族も貴族も関係ないから真面目に授業を聞け～
無自覚聖女は今日も無意識に力を垂れ流す
今代の聖女は姉ではなく、妹の私だったみたいです
エルフさんの魔法料理店
妖精女王として転生したけれど、まずはのんびりお料理作りまくります！
転生料理研究家は今日もマイペースに料理を作る
あなたに興味はございません
最新情報はこちら！
EARTH STAR LUNA
アース・スター ルナ

婚約者様には運命のヒロインが現れますが、暫定婚約ライフを満喫します！ ②
～あなたの呪い、嫌われ悪女の私が解いちゃダメですか？～

発行 ―――――― 2023年12月1日　初版第1刷発行

著者 ―――――― 星見うさぎ

イラストレーター ―――― Qi234

装丁デザイン ―――― 世古口敦志（coil）

発行者 ―――――― 幕内和博

編集 ―――――― 蝦名寛子　島玲緒

発行所 ―――――― 株式会社アース・スター エンターテイメント
〒141-0021　東京都品川区上大崎 3-1-1
目黒セントラルスクエア　7F
TEL：03-5561-7630
FAX：03-5561-7632

印刷・製本 ―――― 図書印刷株式会社

ISBN 978-4-8030-1869-1